작은 생선을 요리하는 마음

작은
생선을
요리하는
마음

발행일
2017년 12월 25일 초판 1쇄

지은이 | 김풍기
펴낸이 | 정무영
펴낸곳 | (주)을유문화사

창립일 | 1945년 12월 1일
주소 | 서울시 마포구 월드컵로16길 52-7
전화 | 02-733-8153
팩스 | 02-732-9154
홈페이지 | www.eulyoo.co.kr
ISBN 978-89-324-7370-3   03800

삶의 태도를
바꾸는
네 글자 공부

작은
생선을
요리하는
마음

김풍기 지음

을유문화사

인간은 태어나서 죽을 때까지 공부하는 존재다. 무엇인가를 배우면서 한 걸음씩 인생길을 걸어간다. 내가 무엇인가를 배우면서 지금 이 시간을 지내고 있다는 사실조차 모르고 살아가는 것이 인간이다. 천하의 모든 존재가 나의 스승이라서 그들에게 무엇인가를 배우고 있지만, 그것을 체계화하여 공부길을 재촉하려는 것이 학교 제도다.

학창 시절의 공부를 돌아보면 무엇인가를 열심히 외우는 경우가 많았다. 좋은 시를 외우고, 영어 단어를 외우고, 과학의 여러 용어들을 외우고, 세계의 많은 나라들을 외우고, 사자성어를 외웠다. 많은 것들을 외우면서 나는 왜 이것들을 공부해야 하는지 알지 못했다. 시험에 쫓겨서 혹은 선생님의 칭찬을 바라며 외우곤 했다. 학교를 졸업하면서 대부분의 지식은 사용할 일이 없었다. 그렇게 기억 속에서 희미하게 사라졌다.

그런데 뜻밖에도 내 삶이 세월을 겪으면서 까맣게 잊었던 기억들이 불현듯 되살아났다. 그렇게 되살아난 기억들은 내 생활의 작은 굽이를 돌아설 때마다 벼락같은 깨달음이나 흐뭇한 행복감을 느끼게 했다. 대부분의 기억들이 사자성어와 깊은 관련이 있었다. 주로 한문 자료를 다루는 공부를 선택한 탓이기도 했겠지만, 어릴 때 무심히 외웠던 사자성어들이 나이가 들어가는 나에게 따뜻한 위로를 건네거나 서늘한 경책警策을 던지는 경우가 많았다. 그것은 아마도 역사의 거친 물결 속에서도 살아남을 정도로 옛사람들의 지혜가 그 속에 단단히 자리하고 있기 때문이리라. 네 글자가 건네는 가르침은 늘 구체적인 삶 속에서 발현되었고, 그 지혜는 나의 마음을 더욱 풍요롭게 해 주었다.

　사자성어를 소재로 이런저런 글을 쓰게 된 건 교수신문에서 시행하는 올해의 사자성어에 두 번이나 선정되었던 것이 계기가 되었다. 사자성어가 형성된 글의 맥락은 일반적으로 사용하는 의미와 늘 일치하지는 않는다. 또 글을 읽는 사람의 시각에 따라 서로 다른 해석을 내놓기도 하는 것이 한문이다. 사자성어로 세상을 읽고 글로 쓰는 것은 전적으로 내 자신의 시각에 의한 것이다. 모든 사람들의 동의를 얻을 수는 없겠지만, 적어도 내가 느낀 행복감과 얻은 깨달음을 담아내고자 했다.

　여러 곳에 발표했던 글을 모아 보니, 역시 내 주변 사람들의 일화가 많이 들어 있음을 알겠다. 자신도 모르는 사이에 호명되어 내

글의 소재가 되어 주신 많은 분들에게, 당신들이 있어 내 삶이 아주 풍요롭고 행복했다는 인사를 올린다. 또한 조각글을 모아서 예쁘게 책으로 묶어 주신 을유문화사 여러분들께도 감사를 드린다. 작은 책을 통해서 많은 분들이 네 글자가 주는 행복과 경책을 조금이나마 느끼실 수 있기를 빈다.

– 춘천에서, 김풍기

5부 | 지위가 오를수록 필요한 네 글자

1부.

네 글자 속에 담긴

따스한 배려

1. 약속하기를 어려워하라

輕諾寡信

경낙과신 : 가볍게 허락하면 믿음이 적다. 즉, 쉽게 약속을 해서 허락하면 믿음성 있게 실행하기 어려움을 말함.   -「노자(老子)」63장

오래전에 선생님으로부터 들은 이야기다. 당신께서 대학에 다니시던 50년대 말의 일이라고 한다. 선생님은 당시 집안이 어려웠던 탓에 장학금이라도 받아 볼 수 없을까 싶어서, 가친의 손에 이끌려 학과 선생님 댁을 방문했다. 가친과 학과 선생님 사이에는 오랜 친분 관계가 있었으므로, 아마도 청을 넣기가 수월했으리라. 대학생 아들을 데리고, 학부형의 입장과 지인으로서의 입장이 모호한 상태로 만나는 그 마음이야 오죽했으랴. 그러나 아들의 학업을 끝내야겠다는 마음에 어려운 걸음을 했을 터이다.

두 분은 좁은 방 안에 마주 앉아 이런저런 담소를 나누시며 반나절을 보내셨다고 한다. 세상 돌아가는 이야기부터 근래 읽었던 책

이야기에 이르기까지 많은 말씀을 나누셨지만, 장학금에 대한 것은 한마디도 없더라는 것이다. 어른들 뒤쪽에 앉아 불편한 시간을 보내던 대학생의 귀에, 정작 필요한 이야기는 한마디도 못 나누고 자리를 일어서게 되니 참 서운하고 아쉬웠더란다. 이제 일어나야 겠노라며 자리를 털고 일어나던 우리 선생님의 가친께서는, 지나가는 말처럼 "우리 아이, 잘 보살펴 주시게나." 하고 툭 던지셨다. 물론 학과 선생님께서는 묵묵부답이셨다. 예상대로 그 학기뿐만 아니라 다음 학기에도 장학금은 구경도 못하셨단다.

세월이 흘러 대학생은 졸업하고, 이듬해 고등학교 교사 자리를 얻어 취직하게 되었다. 이제 월급을 받게 되었노라며 학과 선생님께 인사를 올리러 가서 가친이 그랬던 것처럼 역시 한동안 앉아 두런두런 이야기를 나누다가 헤어지게 되었다. 그런데 학과 선생님께서 뜻밖의 말씀을 하셨다는 것이다.

"내가 자네만 보면 마음에 걸리는 게 있네. 삼 년 전에 자네 가친이 오셔서 자네 장학금을 부탁하고 가셨는데, 당시 학과 사정이 여의치 못해서 결국 배려하지 못했다네. 정말 미안하네."

이 일화는 오랫동안 마음에 남아 지금도 나를 돌아보게 한다. 부탁을 하는 사람도 신중하게 우회적으로 했지만, 부탁을 받는 사람도 조심스럽고 소중하게 받아들인 것이다.

내 자신이 쉽게 거절을 하지 못하는 터라 무엇이든 응낙을 하고, 그것을 해 주기 위해 노심초사 고생한다. 요즘 쉽게 부탁하고 응낙

하는 대신 쉽게 약속을 어기고 상대방의 이야기를 너무 하찮게 생각하는 경향이 있다. 쉽게 약속을 할수록 쉽게 깨는 법이다. 상대방의 말을 신중하게 듣고 믿음성 있게 실행하는 생활이 절실하게 필요한 때다.

2. 기러기 편에 보낸 편지

便鴻之箋

편홍지전 : 인편에 부친 편지라는 뜻.
-왕세정(王世貞), 「명봉기(鳴鳳記)」

할머니는 한글을 더듬거리며 읽으실 줄은 알았지만 쓰실 줄은 몰랐으므로 편지 보내실 일이 생기면 언제나 내 손에 의지하셨다. 초등학교에 들어가기도 전에 어찌어찌 한글을 깨쳤던 나로서는 할머니의 편지를 대필하면서 글솜씨를 다졌다고 해도 과언이 아니다. 처음에는 할머니가 불러 주시는 대로 쓰기만 했지만 어느 순간부터인가 할머니의 말씀을 윤색하기도 하고 적절한 어휘로 교체하기도 하는 능력을 발휘했던 것이다. 이따금씩 서술자를 혼동하는 바람에 실수하기도 했지만, 할머니를 대신해서 손자가 쓴 편지라는 것을 알고 있는 친척들은 귀엽다면서 오히려 칭찬으로 그 실수를 덮어 주셨다.

한번은 작은할머니에게 편지를 쓰게 되었다. '기체후일향만강하옵시냐'는 안부를 물은 뒤에 편지를 보내게 된 연유를 썼다. 그러고는 내 딴에는 멋을 부리느라고 '설날 세배 차 찾아뵙겠노라'고 끝을 맺었다. 두어 달 뒤 작은할머니 댁에 세배를 하러 갔다. 할머니와 내가 도착하자마자 작은할머니는 그 편지를 꺼내시더니 마지막 구절을 보이며 웃으셨다. 물론 나는 그 웃음의 의미를 한동안 알지 못했다. 나에게야 작은할머니지만 친할머니에게는 그이가 손아래 동서가 아닌가. 손아래 동서에게 세배하러 가겠노라고 정중하게 편지를 했으니, 편지를 받은 사람들은 사정을 짐작하면서도 한동안 이야깃거리로 삼았을 게 분명하다. 그래도 할머니는 손자의 편지 쓰는 솜씨를 대단히 자랑스러워하셨다.

한문 공부를 하느라고 옛사람들의 편지를 자주 접한다. 사회적으로 예절이 섬세하게 발달해 있던 조선 시대에는 편지를 쓰는 법도도 따로 배워야 했다. 내가 그 사람과 어떤 관계를 맺고 있는가에 따라 호칭이나 사용하는 단어, 용어가 모두 달라졌기 때문이다. 너무 복잡해서 실수하기 쉬운 것은 예나 지금이나 마찬가지다. 그래서 편지의 형식이나 편지글에서 사용하는 다양한 용어를 모아서 엮은 책이 있었다. 널리 알려진 것으로 『한훤차록寒暄箚錄』을 들 수 있다. 이 책을 보노라면 옛사람들의 법도가 너무 번다하다는 생각도 들지만, 다른 한편으로는 상대에 대한 섬세한 배려를 엿볼 수 있다.

짧은 문자 메시지나 이메일로 안부를 전하다 보니 오히려 손으로 쓴 편지가 반가운 시절이 되었다. '편홍지전使鴻之箋'이라는 말이 있다. 인편에 부친 편지를 지칭하는 단어다. 자주 사용하는 단어가 아니라서 우리에겐 낯선 단어지만, 옛 사람들의 글에는 더러 등장한다. 여기에 기러기를 뜻하는 '鴻(홍)'이 들어가는 것은, 한나라의 장군 소무蘇武가 무제武帝에게 편지를 보내면서 글을 쓴 비단을 기러기 다리에 묶어 보냈다는 고사에서 연유하는 말이다. '안서雁書'라는 단어도 같은 뜻으로 사용된다.

기러기가 날아오는 겨울 들머리에 서면 할머니에게 편지를 보내고 싶어진다.

3. 발아래를 살피며 조심스럽게 돌아보다

조고각하 : 발밑을 잘 살펴서 자신이 서 있는 자리를 돌이켜보라는 뜻으로, 자신이 어떻게 살아가고 있는지 늘 깨어 있는 눈으로 돌아보라는 의미.

-선가(禪家)에서 전하는 말

겨우내 땅속에 묻혀 지내던 풀들이 한꺼번에 쏟아지듯 생명의 싹을 틔우는 것을 보면, 참으로 봄은 아름다우면서도 성스럽다. 어찌 보면 아름답다는 것은 때로 성스러움과도 통하는 게 아닌가 싶다. 봄눈이 아무리 기승을 부려도, 황사가 아무리 짙게 세상을 덮어도, 봄기운을 당할 자 누가 있겠는가. 눈이 두껍게 쌓였더라도, 얼음이 풀릴 기미를 보이지 않더라도, 그 밑에서는 봄을 준비하는 자연의 울림이 계속된다.

앞산을 오르노라면 햇볕 따사로운 둔덕이 아닌 곳은 눈이 반질반질하게 덮여 미끄럽다. 엉금 걸음으로 겨우 그곳을 지나면서도, 이따금씩 서서 조용히 귀를 기울이면 봄의 소리가 들리는 듯하다.

어쩌면 봄은 겨울의 가슴에 들어 있는 것일지도 모르겠다. 조금 더 지나면 산은 온통 싹을 틔우고 잎과 줄기를 펴느라 수런거리는 풀들이 내는 소리로 가득해질 것이다. 점심을 먹은 뒤 어쩌다 숲길을 산책하노라면 발끝으로 전해 오는 부드러운 흙의 느낌과 새로운 풀들이 펼쳐 놓은 잔치 자리가 온몸으로 느껴진다.

만물의 소생을 바라보면 다른 생각이 떠오른다. 우리 눈에 보이는 저 사물들이 봄날 한때를 만드는 생의 전부일까. 내 눈에 보이지 않는다고 해서 다른 세계의 생은 전혀 존재하지 않는 것일까. 뜰 앞의 황매화 꽃눈도 눈여겨보질 않으면 내 눈에 보이지 않고, 해당화와 산수유 맑은 새 잎도 걸음을 멈추고 바라보지 않으면 내 눈에 들어오지 않는다. 그렇다고 해서 그 생이 존재하지 않는 것일까. 내 시야를 벗어난 수많은 생명들의 숨소리를 들으려고 애쓴다면 얼마든지 가능하다. 그런 생각을 하면서 고개를 들면 푸른 봄날 하늘이 대룡산 줄기 저편으로 넓게 펼쳐져 있다. 불어오는 바람이 내 머릿속을 맑게 헹군다. 그 바람 속에는 분명 내가 볼 수는 없지만 무한한 생명들이 숨어 있을 것이다.

옛날 어떤 임금이 어디론가 행차를 하던 길에 우연히 길 저쪽 나무 아래에 앉아 있는 수행자를 발견했다. 자신이 지나가는데도 예를 표하지 않는 것을 보고, 임금은 은근히 화가 났다. 신하를 시켜서 무얼 하고 있는지 알아보라고 했더니, 길가에 자라는 풀에 수행자의 발이 묶여 있어서 꼼짝할 수 없다고 보고를 하는 것이었다.

호기심이 일어난 임금은 수행자에게 다가갔다. 과연 그 수행자는 풀에 발이 묶여 앉아 있었다. 강하게 묶인 것도 아니고 발을 묶은 풀이 억센 것도 아니니, 끊어 버리고 갈 길을 가면 될 터인데 왜 이렇게 앉아 있느냐고 물었다. 그러자 수행자가 말했다. "이 풀도 생명인데, 제가 살자고 남의 생명을 끊는 것은 수행자의 도리가 아닙니다."

어린 시절 어떤 우화 책에서 이 이야기를 읽었을 때 나는 그 수행자가 참으로 답답하게 느껴졌다. 풀이야 다시 자라면 그뿐인데, 그 자리에 앉아 굶어 죽을지도 모를 짓을 왜 하고 있을까 하는 마음이었다. 그러나 세월이 흘러 그 이야기를 다시 생각해 보니, 수행자의 깊은 마음이 새삼 느껴졌다.

우리는 얼마나 인간 중심으로 세상을 살아가고 있는가. 우주의 수많은 생명들을 생각하는 척하지만, 결국 인간은 자신을 중심으로 세계를 구성하고 해석한다. 뜯어 버리면 다음 해 봄에 다시 자랄 것 같은 풀이지만, 그건 인간의 시각으로 볼 때 그런 것이다. 풀 입장에서는 자신의 생명을 끊는 것일 수도 있고, 죽음에 이르지는 않더라도 최소한 자신의 수족을 강제로 잘리게 되는 것일 수도 있다. 다른 사람에 대한 배려 혹은 다른 생명에 대한 배려는 내 목숨을 그들과 동등한 자리에서 놓고 생각할 때 비로소 가능한 일이 아닐까 싶다.

길을 걸으면서 우리는 자신도 모르는 사이에 벌레를 밟아 죽일 수도 있고, 음식을 먹을 때 자신도 모르게 벌레를 씹어 먹을 수도 있다. 게다가 거의 모든 음식은 내 생명의 연장을 위해 다른 생명을 희생시키는 전제 위에서 만들어지는 것이 아닌가. 이렇게 생각의 고리를 이어 나가다 보면 지금 맞이하는 봄이 단순히 아름답게만 느껴지지 않는다.

선객禪客들의 말에 '조고각하照顧脚下'라는 구절이 있다. 글자 그대로 해석하면 '발아래를 잘 살피라'는 말이다. 물론 그 말 속에는 자신의 마음속을 잘 살펴서 진리의 길에 이르도록 하라는 의미가 담겨 있을 것이다. 그러나 나는 그 말을 떠올릴 때마다 버릇처럼 내 발밑을 바라본다. 다른 사람을 밟아야 내가 성장한다는 천박한 경쟁의 시대에, 다른 사람의 삶도 존중하면서 내 삶이 좀 더 활기차게 살아갈 수 있는 방도를 생각한다. 아름답고 성스러운 봄날, 내 발밑을 살피면서 조심스럽게 내 삶을 돌아본다.

4. 내 아픔으로 당신을 본다

絜矩之道

혈구지도 : 양을 헤아리는 도구를 혈이라 하고 네모 모양을 획정하는 도구를 구라고 한다. 이 말은 원래 유가에서 도덕적 규범을 상징하는 것으로 사용되지만, 주희는 자기 처지를 미루어 남의 처지를 생각해 주는 마음을 지칭하는 것으로 해석하였다.
　　　　　　　　　　　　　　　　　　　　　　　　　　－「대학(大學)」

　어쩌다 일찍 집에 들어가는 날이면 집 앞 놀이터를 물끄러미 쳐다보곤 했다. 아이들의 왁자함이 지친 일상에 활력소 같은 느낌이 들었기 때문이다. 아파트 앞 좁은 공터였지만, 아이들은 무리를 지어 공을 차거나 농구를 하거나 혹은 수다를 떨고 있었다. 그 아이를 처음 본 것은 공터 옆 작은 벤치에서였다. 어떤 때는 다른 아이들과 어울려서 놀고 있었지만, 태반은 벤치에 앉아서 친구들이 노는 것을 바라보기만 했다.

　하루는 그 애가 앉아 있는 벤치 옆을 지나가고 있었는데 얼핏 쳐다본 아이는 뜻밖에 울고 있었다. 순간적으로 내가 가서 달래 줘야 하나 하는 마음 때문에 멈칫했지만, 내가 마음을 정하지 못하고 망

설이는 사이에 내 발걸음은 그 애를 지나서 이미 집으로 향하고 있었다. 그 후로 나는 놀이터 옆을 지날 때마다 그 아이가 있는지 살피는 버릇이 생겼다. 아이는 여전히 공터 주변을 서성거리고 있었지만 울고 있는 때가 많았다.

몇 달이 그렇게 흘렀다. 늦가을 저녁, 그곳을 지나다가 할머니와 함께 앉아 있는 아이를 보았다. 무슨 심사였는지 나는 슬며시 다가가서 말을 붙였다. 이런저런 이야기를 나누다가 지나가는 말처럼 손자가 이따금씩 울고 있는 것 같더라고 했다. 그랬더니 할머니의 말씀이 구구절절 이어졌다.

아이는 몸이 약한 것도 아니었는데 유난히 다른 아이들과 부딪치면 잘 운다는 것이었다. 그런 일이 계속되자 주변에서는 울보로 소문이 났고, 자연히 놀이를 할 때면 유난히 몸싸움을 걸어서 울린다는 것이었다. 너무나 속이 상한 할머니는 생각다 못해 손수 막대기를 아이의 손에 쥐어 주며, 자신을 괴롭히는 아이를 한 대 쥐어박으라고 시켰다는 것이다. 그렇지만 아이는 다른 아이를 때릴 생각조차 하지 않는다고 했다. 할머니가 다시 채근하자 아이는 이렇게 말했단다. "이 작대기로 때리면 그 애가 아프잖아요."

내가 아파도 다른 아이의 아픔을 생각해서 차마 때리지 못하는 아이가 정말 새삼스럽게 다가왔다. 수많은 경쟁 속에서 친구들을 물리쳐야 하는 요즘, 자신의 아픔에도 남의 아픔을 생각하는 마음이란 얼마나 소중한 것인가.

'혈구지도^{絜矩之道}'라는 말이 있다. 『대학^{大學}』에 나오는 구절이다. 자기 처지를 미루어 남의 처지를 생각해 주는 마음을 지칭한다. 자신이 당한 아픔을 통해서 자신을 괴롭히던 아이의 아픔을 되짚어 헤아리는 마음, 그것이야말로 옛 성현들이 말하는 혈구지도의 모범이다.

5. 시간이 흐를수록 되새기기 어려운 감사의 마음

醴	酒	不	設

예주불설 : 단술을 특별히 준비하지 않는다는 뜻으로, 사람에 대한 예와 존경이 점점 약해짐을 의미함.　　　　　-「한서(漢書)」「초원왕류교전(楚元王劉交傳)」

어렸을 때 유난히 운동을 싫어했던 나는 상대적으로 책을 읽는 시간이 많았다. 시골의 작은 초등학교였지만 도서관만은 상당히 컸다. 점심시간을 이용해서 책을 빌려 주었기 때문에, 점심시간이 끝나면 도서관은 언제나 폭풍이 휩쓸고 간 듯했다. 짧은 시간 안에 반납된 책을 정리하거나 학생들이 책을 고르느라 이리저리 흩어놓은 책들을 정리하기는 불가능했다. 누군가는 방과 후에 도서관을 정리하고 간단하게 청소도 해야만 했다. 우연히 선생님을 도와서 도서관 정리를 한 뒤부터 나는 도서관을 관리하는 일을 하게 되었다. 나로서야 읽고 싶은 책을 마음대로 읽을 수 있었으니 그처럼 좋은 자리가 또 어디 있었겠는가.

선생님께 받은 도서관 열쇠로 나는 그곳을 수시로 드나들었다. 한동안 도서관은 내 비밀의 화원이었던 셈이다. 간단히 청소가 끝나면 언제나 창가에 앉아 책을 읽으며 시간을 보내곤 했다. 소를 먹이거나 꼴을 베러 가야 할 시간에 늦기도 했고, 저물녘까지 집에 돌아오지 않아서 할머니가 찾으러 오시기도 했다. 시간에 쫓기던 나는 읽던 책을 가방에 넣고 집에 와서 틈틈이 읽었다.

선생님의 허락 없이 가져온 책이 제법 쌓이던 어느 날, 드디어 사달이 벌어졌다. 선생님이 내가 몰래 집으로 책을 가져가고 있다는 걸 알아차리신 것이다. 읽은 뒤에 책을 가져다 놓곤 했지만, 선생님께서는 학교 책을 도둑질한 것으로 생각하셨다. 선생님께서는 한 시간 동안 교무실에 나를 꿇어앉혀 놓으셨다가, 결국은 도서관 열쇠를 회수하는 것으로 마무리하셨다.

20년쯤 지나서 우연히 선생님을 서점에서 만났다. 오랜 세월이 흘러 선생님은 퇴임을 하셨지만 나는 쉽게 선생님을 알아볼 수 있었다. 인사를 드렸더니 놀랍게도 선생님 역시 나를 기억하고 계셨다. 게다가 도서관 사건을 먼저 언급하시면서, 오랫동안 미안했는데 이렇게 만나니 너무 고맙다는 말씀을 덧붙이신다. 철없는 제자에 대한 사랑이 그토록 깊었다는 생각에 무어라 형언할 수 없는 감동이 가슴을 메웠다. 나는 자주 연락을 드리겠다는 약속을 했지만, 그 약속을 지키지 못했다.

예주불설禮酒不設이라는 말이 있다. 『한서漢書』에 나오는 구절로, 존

경하는 분에 대한 예가 점점 약해지는 것을 말한다. 고마움의 순간
이 지나면 감사의 농도가 약해지는 것은 사람 탓인가 세월 탓인가.
여전히 우리는 수많은 사람들 덕분에 살아가고 있다. 그분들에게
고마움을 느끼고 그 마음을 오래도록 간직하는 사람이 되고 싶다.

1부 네 글자 속에 담긴 따스한 배려

6. 자기 것이 아니면 줍지 않는다

|道|不|拾|遺|

도불습유 : 길에 떨어진 물건이라도 자기 것이 아니면 주워 가지 않을 정도로 백성들의 풍속이 순박하고 아름답다는 의미.

－「한비자(韓非子)」「외저설좌 상(外儲說左 上)」

어렸을 적 우리 동네에는 전기가 들어오지 않았으므로 일 년에 한 번 찾아오는 가설극장은 분명 반가운 일이었다. 농사일에 지친 몸이었지만 사람들은 이른 저녁을 먹은 뒤 가족들의 손을 잡고 제방 옆 공터에 자리 잡은 가설극장을 찾아갔다. 행여 늦을세라 걸음을 재촉해서 가 보면 마치 축제처럼 들뜬 사람들을 거의 모두 만날 수 있었다. 흰색 광목 넓은 천을 이용해서 사방 벽을 높게 쳤고, 스크린 역시 광목을 이용해서 만든 것이었다.

　대부분의 영화는 아주 낡은 필름이어서 화면은 언제나 비가 내리는 것처럼 미세한 세로선이 만들어졌다. 하루에 두 편가량을 상영했지만, 두 편 상영 시간이 정상적인 영화 한 편 상영하는 시간과 비슷했던 것을 보면 반 가까이 잘려 나간 필름을 돌렸을 것이다. 상영 도중 필름이 끊어지면 여기저기서 소리를 지르며 야유를 퍼부었지만, 그것도 가설극장이 주는 재미 가운데 하나였을 뿐이다. 누구도 진심 어린 야유를 쏟아 내지는 않았다.

나는 「의사 안중근」이니 「성웅 이순신」과 같은 영화를 대부분 가설극장에서 관람했다. 멍석을 덧대어 깔아 놓은 바닥에 앉아 있기 힘이 들면 할머니 무릎을 베고 누워서 영화를 보았다. 그럴 때면 언제나 비 오는 듯한 스크린 위쪽으로 쏟아질 듯한 은하수가 여름 밤하늘 저편으로 흐르고 있었다. 중간을 너무 자주 잘라 낸 탓에 어린 학생의 머리로 줄거리를 도저히 따라갈 수 없으면 어느새 나는 할머니의 무릎 위에서 고롱고롱 잠이 들곤 했다.

할머니 등에 업혀서 집으로 돌아온 다음 날, 나는 운동화가 사라진 걸 알았다. 생각해 보니 가설극장에서 잠이 들었을 때 벗어 둔 채 그냥 온 것이었다. 운동화가 귀한 시절, 부모님이 어렵게 장만해 주신 것이었다. 하루 종일 가슴을 졸이다가 그날 저녁이 되어 가설극장으로 찾아갔다. 누구에게 사정 이야기를 해야 하나 하고 서성거리는데, 입구 옆 기다란 바지랑대에 내 운동화가 걸려 있는 것이 아닌가. 얼른 가서 내 운동화라고 말했더니, 표를 받던 아저씨가 운동화를 내려 주면서 웃었다. "너, 하루 종일 걱정했지?" 그 말이 얼마나 고맙고 반갑던지, 나는 왈칵 울음을 터뜨릴 뻔했다.

'도불습유 道不拾遺'라는 말이 있다. 『한비자』에 나오는 말인데, 길에 떨어진 물건이라도 자기 것이 아니면 주워 가지 않는다는 뜻이다. 그만큼 백성들의 풍속이 선량하고 아름답다는 말이다. 예나 지금이나 남의 것에 욕심 내지 않고 자기 분수를 지키며 사는 것이야말로 이상적인 사회를 만드는 근본이리라.

7. 노인과 아이의 웃음소리와 가정의 행복

耄	安	稚	嬉

모안치희 : 노인과 어린이가 모두 편안하고 즐겁다는 뜻.
-고계(高啟), 「송번참의부강서참정서(送樊參議赴江西參政序)」

당시 우리 집은 바닷가 언덕 위에 자리하고 있어서, 창을 열면 동해가 보였다. 시원한 바닷바람이 언제나 집 안을 휘젓고 다녔으므로 선풍기가 필요 없을 정도로 쾌적한 편이었다. 골목에서는 언제나 바다 냄새가 가득했고 마을은 가난했지만 아름다운 환경을 누리고 사는 사람들의 표정에는 웃음이 넘쳤다.

서울 작은할아버지와 작은할머니는 여름마다 우리 집에서 한동안 지내다 가셨다. 복잡하고 후텁지근한 서울을 벗어나 동해 바닷가에서 지내시는 것이야말로 두 분이 누리시는 최상의 호사가 아니었던가 싶다. 조금만 걸어가면 백사장이 펼쳐진 바닷가였지만, 두 분이 바닷가를 산책하시는 일은 별로 없었다. 식사 시간을 제외

하면 낮잠을 주무시거나 혹은 저녁에 가족들과 텔레비전을 함께 보시며 이야기를 나누는 것이 전부였다. 그렇게 지내실 거면 뭐 하러 먼 강원도까지 오셨느냐면서 외출을 강하게 권유해도 그냥 웃으실 뿐이었다.

무더운 여름날 오후였다. 동생이 집안일 때문에 집에 전화를 했다. 우리 집은 안방과 건넌방에 각각 전화기를 놓고 연결시켜 두었기 때문에 동시에 전화벨이 울렸다. 당시 작은할아버지는 안방에서, 작은할머니는 건넌방에서 낮잠을 즐기고 계셨는데, 갑자기 벨이 울리자 두 분이 동시에 수화기를 들었다. 그러고는 잠결에 서로 누구시냐고 물었다.

"저는 이 댁 주인 숙모입니다."

"그러세요? 저는 이 댁 아이들 작은할아버지올시다."

"아이고, 그러면 사돈어른이 되시는 건가요? 인사도 못 드리고, 이거 참 죄송합니다."

동생이 끼어들 틈도 없이, 이런 식의 대화가 꼬리에 꼬리를 물고 이어졌다. 안부 인사, 날씨 이야기, 세상 돌아가는 이야기를 거쳐서 집안 친척들 이야기로 돌아가더니, 급기야 정중하게 인사를 하고는 전화를 끊으셨다. 동생은 두 분이 전혀 모르는 친척처럼 통화하시는 내용을 듣고 웃음을 참다가 결국 한마디도 못하고 전화를 끊었다. 저녁에 집으로 들어가니 두 분이 오늘 집안 어른과 통화한 일을 말씀하시면서 이야기꽃을 피우시는 것이었다. 그 전화는 서로 모르는 사돈끼리의 전화가 아니라 두 분이 통화하신 것이라고, 동생은 끝내 밝히지 못했다.

두 분은 성격이 정반대였는데도 어느 순간에는 아주 비슷한 면모를 보이셨다. 이제는 돌아가셨지만, 그렇게 평생을 살아오시면서 자손들을 기르고 집안을 평화롭게 꾸리셨다. 두 분이 계시는 곳에서는 모든 식구들이 즐겁고 편안한 마음으로 지냈으니, 그 힘이야말로 대단한 것이다. 명나라 문인 고계高啟의 글에 '모안치희耄安稚嬉'라는 말이 나온다. 노인과 어린이가 모두 편안하고 즐겁다는 말이다. 어른과 아이의 웃음소리가 가득한 집안에 무슨 어려움이 있으랴.

8. 부모라는 이름의 든든한 버팀목

抱弄荃蓀

포롱전손 : 자식을 품에 안고 어른다는 의미.
- 원진(元積), 「제례부유시랑태부인문(祭禮部庚侍郎太夫人文)」

페루를 여행하면서 우리 가족은 고대 유적과 현대 문명이 공존하는 틈새를 돌아다니느라 즐겁고 바쁜 나날을 보내고 있었다. 페루여행이 중반을 넘길 즈음, 우리는 예약해 두었던 호텔에 묵게 되었다. 오랜만에 대도시에서 하룻밤을 묵으니 조금은 들뜬 마음이었다. 여장을 풀어놓자마자 시내를 돌아다니며 구경도 하고 생필품도 약간 구입하며 시간을 보냈다. 밤이 조금 늦은 시간, 호텔로 돌아와 방으로 가려고 아이를 데리고 엘리베이터를 탔다. 그런데 서너 층을 올라가는가 싶더니 갑자기 중간에서 멈추었다. 비상벨을 눌러도 울리지 않았고, 소리를 질러도 아무 반응이 없었다. 그쯤 되자 아이는 당황한 표정을 짓더니 급기야 내 품에 안기며 울음을 터뜨렸다. 아빠가 함께 있으니 걱정하지 말라고 달래도 울음을 쉽게 그치지 않았다. 한편으로는 아이를 달래고 다른 한편으로는 엘리베이터 문을 두드리며 구조를 요청하는데, 지나가는 손님 한 분이 그 소리를 듣고 프런트에 신고를 해 줘서 마침내 빠져나올 수 있었다. 20분 남짓한 시간이 한 시간으로 느껴질 정도였다.

떠는 아이를 데리고 방으로 돌아와서 겨우 진정시켜 잠을 재웠다. 시간은 벌써 밤 12시를 향해 가고 있다. 그러나 참 묘한 생각이 머리를 쳐들었다. 아빠가 옆에 있는데도 아이가 두려움 섞인 눈물을 멈추지 않았던 모습이 눈에 아른거렸기 때문이다.

그 상황 자체가 누구의 위로로 해결될 문제는 아니었으므로 내 위로에도 불구하고 아이는 두려웠을 것이다. 그렇지만 그 상황에서 나는 아이에게 어떤 아빠였던 것일까 하는 생각이 들었다. 어떤 일이 닥치더라도 아이의 든든한 버팀목이 될 수 있는 그런 아빠였으면 좋겠다는 생각이 불현듯 들었던 것이다. 그것은 단순히 섭섭함이나 미안함의 차원이 아니었다. 부모 자식 간의 믿음이야 평생을 함께 살아가며 꾸준히 노력해야 더욱 굳게 쌓인다. 그 믿음은 자식의 든든한 받침대로 쓰이기도 하지만, 어느 순간 자식에게 마음으로 의지하는 부모의 모습으로 바뀌어 갈 운명을 지닌 것이기도 하다. 이런저런 생각에 그날 나는 밤늦도록 잠을 이루지 못했다.

당나라 원진元稹의 글에 '포롱전손抱弄荃蓀'이라는 말이 있다. 자식을 품에 안고 어른다는 의미다. 자식이 아무리 나이가 들어도 부모에게는 언제나 어린아이 같다는 말이 있다. 품 안의 자식이 세계를 무대로 살아가는 것을 보면서도 여전히 품 안에서 놓지 못하는 마음, 그것이 어쩌면 부모들의 공통된 마음이 아닐까.

9. 외양간에 붙들린 것 같은 요즘 아이들

童	牛	之	牿

동우지곡 : 어린 소를 외양간에 붙들어 매 둔다는 뜻으로, 자유가 없다는 의미.
-「주역(周易)」「대축(大畜)」

밤이 꽤 늦었는데도 아이는 책상에 앉아서 숙제를 하고 있었다. 슬며시 들어가서 보니, 내일 제출해야 할 과제를 아직 다 못한 게 보인다. 학교 진도에 따라 문제집을 풀어 가는 것이었는데 아직 꽤 많은 분량이 남아 있었다.

숙제를 할 시간도 없이 하루를 보내게 된 데에는 사연이 있다. 우리는 집에서 반려동물을 기르지 않기로 했던 터라, 강아지를 분양받고 싶다는 아이의 요구를 은근히 묵살해 왔다. 그러던 차에 외갓집에 누군가 귀엽고 작은 강아지 한 마리를 데려다 놓은 것이다. 두 분만 지내시기가 적적하던 차에 뜻밖에 함께 지내게 된 강아지는 순식간에 식구들의 사랑을 한 몸에 받게 되었다. 아이는 환호작

약하면서 틈만 나면 외갓집으로 가서 강아지 '투투'와 놀았다. 어떤 날은 하굣길에 집으로 오지 않고 외갓집으로 가는 바람에 엄마를 놀라게 하기도 했고, 어떤 날은 검도 도장을 다녀오다가 그길로 투투를 보러 가기도 했다. 우리 집에서 외갓집까지의 거리는 아이 걸음으로도 15분 정도밖에 안 되었기 때문에 사흘이 멀다 하고 아이는 투투에게 놀러 갔다.

남는 시간의 상당 부분을 투투와 노는 데 쓰니 숙제할 시간이 줄어드는 것은 당연한 이치다. 처음에는 걱정스러운 마음에 숙제가 밀려 있지 않느냐고 묻기도 했다. 그럴 때마다 아이는 숙제가 없다거나 다 마쳤다면서 오직 투투와 놀 생각에 한껏 들떠 있었다. 자꾸 물어보기도 뭣해서 잘하겠거니 하고 무심히 지내다가 며칠 뒤 우연히 책가방을 쌀 때 옆에서 문제집을 슬쩍 들춰 봤다. 그랬더니 웬걸, 풀지 않은 문제가 꽤 많은 게 아닌가. 여러 날 치가 쌓여서 결국 그날 밤 늦게까지 숙제에 골몰해야만 했던 것이다.

숙제를 하는 아이 옆에서 아내는 무표정하게, 사실은 불편한 마음으로 정답을 맞춰 보고 있었다. 그러더니 막 웃으며 내게 아이가 풀어놓은 문제를 보여 주었다. 감자와 고구마의 차이점을 쓰는 것이었는데 감자는 줄기에서, 고구마는 뿌리에서 수확을 한다는 것이 정답이었다. 그런데 아이가 쓴 답은 이랬다. "감자는 고추장에 찍어 먹고, 고구마는 그냥 먹는다." 순간 우리의 마음속은 웃음으로 가득 찼다.

『주역周易』에 '동우지곡童牛之牿'이라는 말이 있다. 어린 소를 외양간에 붙들어 매 둔다는 뜻으로, 자유가 없음을 의미한다. 요즘 아이들의 생활을 보면 온갖 일을 하느라고 정작 놀 시간이 없다. 언제쯤이면 우리나라도 아이들에게 자유로운 어린 시절을 보내게 할 수 있을까.

10. 화장지를 빨아 쓰는 마음으로

鰥寡孤獨

환과고독 : 홀아비와 과부, 고아, 그리고 자식 없는 늙은이라는 뜻으로, 세상에 의지할 곳이 없는 불쌍한 사람을 지칭함. -「맹자(孟子)」「양혜왕 하(梁惠王 下)」

역사를 살펴보면 하나의 나라가 몰락하거나 정권이 바뀌는 밑바탕 에는 빈부 격차 문제가 심각하게 스며 있음을 알게 된다. 우리나라 역사는 물론 중국의 역사에서도 빈부 격차는 권력자들의 중요한 관심사였다. 수많은 사상가들이 백가쟁명百家爭鳴하던 시기부터 권력 자가 특히 유념해야 할 계층으로 사회적 약자와 소수자를 들었다. 부국강병책에 골몰해서 온 백성을 전쟁터로 몰았던 당시의 권력자 들은 어떻게 해야 땅을 넓히고 노예를 많이 확보하며 백성의 숫자 를 늘릴 수 있을지에 큰 관심을 가지고 있었다. 맹자가 일찍이 언 급한 바 있듯이, 그런 권력자들이 제일 신경 써서 돌보아야 할 네 부류의 사람들이 바로 '환과고독鰥寡孤獨'이다. 나이가 들어 아내가 없는 사람이면 환^鰥, 나이가 들어 남편이 없으면 과^寡, 나이가 어린데 돌보아 줄 어른이 없으면 고^孤, 나이가 들었는데 돌보아 줄 자식이 없으면 독^獨이다. 맹자는 만약 왕을 비롯한 권력자들이 이들에게 관심을 기울이지 않는다면 그 사회는 심각한 어려움에 직면하리라 보았다. 그만큼 사회의 약자와 소수자들은 구성원 모두의 깊은 관심과 사랑, 배려를 필요로 한다. 그렇지만 역사적으로 이러한 사람들에게 관심을 기울이는 정치를 한 사람이 얼마나 되었던가. 자기 목소리를 내지 못한다는 것만으로도 이들의 처지를 미리 알아차려서 배려하는 정치가는 거의 없었다. 자기 배가 부르면 종놈 배고픈 줄 모른다고 했던가. 처지를 바꾸어 생각해 보는 배려가 없는 사람은 아무리 깊은 공부를 하고 높은 관직에 진출한다 해도 비정한 인간의 모습으로 차가운 정치를 할 수밖에 없다.

화장지를 빨아 쓰는 스님

..

십 수 년 전의 일이다. 방학이면 절에서 한 철을 지내곤 했는데, 그해 여름에도 어김없이 암자의 방 한 칸을 얻어서 지내게 되었다. 제법 큰 절이라서 함께 생활하는 대중도 꽤 많았는데, 스님만 해도 거의 150여 분이나 되었다. 새벽이면 일어나 법당 뒤쪽에 앉아 예불을 드리고 때가 되면 공양간으로 가서 밥 한 그릇을 먹었다. 그런 다음 책을 읽고 글을 쓰다가 산길을 거슬러 오르며 산책을 했다. 어쩌다가 어른 스님을 뵈면 뒤를 따라가 차를 한 잔 마시며 좋은 말씀도 들었다.

하루는 오후의 따가운 햇볕을 받으며 산길을 걷다가 계곡물에 발을 담그려고 내려갔다. 마침 그곳에는 먼저 와서 앉아 계시던 분이 있었다. 절의 제일 큰스님이었다. 인사를 하고 쭈뼛거리고 있으니 환하게 웃으면서 옆에 앉으라신다. 이미 노스님은 바짓단을 위로 듬뿍 올리고 발을 담근 채 물가 바위에 앉아 계셨다. 그분은 누가 보아도 옆집 할아버지 같은 품새였기 때문에, 얼굴을 모르는 참배객이나 관광객들은 절의 제일 큰 어른이라는 사실을 알아차리지 못했다. 늘 웃는 얼굴로 허름한 차림새를 하고 있으니 누구나 스스럼없이 이야기를 건넨다. 그럴 때마다 그분은 이런저런 이야기를 하면서 참 잘 어울리곤 했다. 그날도 그 옆에 앉아서 꽤 이야기를 나누었다.

그 당시 노스님은 여름 감기에 걸려서 훌쩍이곤 하셨는데, 계곡에 앉아 있으면 코를 풀고 손을 닦기가 편해서 좋다며 웃으셨다. 그렇게 한참을 앉아 있다가 자리를 일어서려는데 스님이 주머니에서 무언가를 꺼내서 물에 행구는 것이었다. 무얼 하시는지 곁눈으로 보니 화장지를 물에 조심스럽게 빨고 계셨다. 그것도 우리가 범상하게 접할 수 있는 화장실용 화장지였다. 알다시피 화장실용 화장지를 물에 적신 뒤 그것을 말리면 뻣뻣해져서 불편하거나 종이가 완전히 달라붙어서 떨어지지 않는다. 손으로 물을 꼭 짜면 한

줌도 채 안 되게 종이 덩어리가 되어 버린다. 의아해하는 내 표정을 보시더니 그분은 슬며시 웃으셨다. 스님은 정성스럽게 젖은 화장지를 주머니에 잘 갈무리한 다음 내게 말씀하셨다. 당신은 하루에 화장실에서 사용하는 것 외에, 일상생활에서는 화장지 네 칸을 사용하는 것이 오랜 습관이라는 것이었다. 점선으로 구분되어 있는 네 칸의 화장지는 정말 적은 양이다. 더욱이 감기에 걸려서 노상 코를 풀어야 하는데, 그것을 네 칸의 화장지로 처리한다는 것은 불가능한 일이 아니겠는가. 그런데 스님은 콧물에 젖은 화장지를 수시로 빨아서 종일토록 재활용하고 계셨던 것이다.

이후에도 절에서 지내거나 인사를 드리러 찾아뵐 때면 그 화장지를 떠올리곤 했는데, 주머니에서 낡은 화장지를 조심스럽게 꺼내서 사용하시는 것을 본 적이 여러 차례다. 수행자의 삶이란 자신이 노동을 통해서 얻은 약간의 물건 외에는 거개가 신도들의 시주로 이루어진다. 그래서 시주해 준 물건을 마치 독약처럼 여겨야 한다는 옛 선사들의 당부도 있거니와, 이렇게 물건을 아끼는 것이 삶속에 녹아 있다면 얼마나 대단한 경지일까 싶다.

마음으로 국민을 위하는 사람

. .

높은 자리에 앉으면 언제나 다른 사람의 찬탄과 떠받듦 속에서 살아가게 된다. 그 생활 자체가 나쁜 것은 아니겠지만, 그 자리에 오래 앉아 있다 보면 나도 모르게 오만과 나태함 속으로 빠져들기 쉽다. 지위가 높아질수록 자신의 삶을 돌아보며 언제나 조심해야 하는 이유가 여기에 있다. 게다가 나이가 들면 다른 사람의 충고를 잘 들으려 하지 않을 뿐 아니라, 어떤 사람의 단점을 발견해도 당사자에게 이야기를 해 주는 경우가 거의 없다. 그러니 자신의 단점이 있는 줄도 모르고 살아가게 되고, 그 단점은 고쳐지지 않은 채 더욱 큰 문제가 되기 십상이다.

한 단체의 장이 바뀌면 이전의 장이 사용하던 집기를 모두 처분하고 새로 부임하는 사람의 취향에 맞도록 일괄 구입한다는 이야기를 들은 적이 있다. 이런 것들을 모아 보면 전국적으로 엄청난 예산이 흔적 없이 사라질 것이다. 그 예산이 어디서 오는가. 당연히 국민들의 세금으로 충당된다. 가난한 국민들의 주머니를 털어서 자기만족을 위한 일에 낭비하는 셈이다. 한편으로 그런 짓들을 당연한 듯이 여기는 사람도 있고, 아랫사람이 알아서 준비하는 경우도 있을 것이다. 이런 식의 예를 들자면 한도 끝도 없겠지만, 모두 어려운 처지의 사람들을 보살피고 배려하려는 마음이 없는 것도 그러한 행태가 일어나는 중요한 원인 가운데 하나이리라.

화장지 하나에도 거기에 깃든 사람들의 노력을 읽어 내고 소중히 여길 줄 아는 것은 내가 곧 중생이고 중생이 곧 나라는 생각에서 시작된다. 국민들의 삶과 재산이 바로 나의 삶과 재산이라는 사실을 철저히 인식하고 그것을 내 생활 속에서 실천할 줄 아는 정치인이나 권력자가 있다면 절대 다수의 지지를 얻어 오래도록 사랑을 받을 것이다. 그들이야말로 모든 국민들의 생활을 샅샅이 살펴서 '환과고독'과 같은 사회적 약자들도 우리나라의 국민으로서 언젠가는 당당하게 살아갈 수 있도록 도와줄 것이라 믿는다.

11. 막걸리를 강물에 뿌리고 나눠 마시다

簞醪投川

단료투천 : 막걸리를 강에 던졌다는 뜻으로, 장수가 모든 군사들과 고락을 함께한다는 의미.

－「삼략(三略)」

어느 사회든 기득권 세력에 대한 비판은 있기 마련이다. 모든 구성원들의 재산이나 역할이 수학적으로 계산된 동일성을 확보하기 불가능한 것이라면 사람과 사람 사이의 차이는 당연한 것이다. 사람의 모습과 성격이 다르듯이 사회적·경제적 권력에도 당연히 차이가 발생한다. 그러다 보니 적게 가진 사람들은 언제나 많이 가진 사람들에게 눈길을 주게 된다. 그 눈길이 부러움을 담았든 질투를 담았든 간에 기득권 세력을 바라보는 사람들의 눈길은 호의적이기 쉽지 않다. 자연히 기득권 세력은 사회의 여러 계층에 의해 비판받을 일이 많고, 그들은 부정적 이미지로 덧씌워진다. 특히 돈이 많은 사람들에 대한 시선은 참으로 복잡다단하다. 그들을 비판하는 이면에는 자본의 추악한 면을 염두에 두고 이루어지는 점도 있지만, 꽤 많은 경우 자신의 욕망을 투사하면서 자신이 그들과 같은 자본의 황금탑 위에 서지 못하는 것에 대한 분노와 그들에 대한 부러움이 숨어 있다. 어떤 쪽이든 기득권은 사람들의 비판이나 비난을 수시로 들어왔다.

　돈에 대해서 초연한 듯이 행동하는 것이 지식인으로서의 체면을 차리는 일이라고 생각하는 사람들이 꽤 있다. 돈에 욕심을 부린다는 세간의 평판을 받기라도 하면 인격에 큰 흠결이 생겼다고 생각하는 풍조도 비슷한 맥락이다. 마음속으로는 돈을 원하면서도 겉으로는 돈이 마치 부차적인 문제인 것처럼 행동하는 것을 보면서 돈과 인격은 과연 영원히 평행선을 달리는 다른 차원의 개념인가 하는 의문도 든다. 공직자들의 재산이 공개되면서 이따금씩 언론에서는 누가 재산이 많은지, 재직하는 동안 누구의 재산이 많이 증가했는지 비교하는 기사를 올리기도 한다. 대체로 재산이 많거나 갑자기 많은 액수가 증가했다면 사람들은 재산 형성 과정을 비롯한 여러 속사정은 아랑곳하지 않고 일단 축재 과정에서 무언가 부적절한 일들이 있었을 것이라고 지레짐작하기도 한다. 자본주의 사회에서 자본이 불신당하는 이 불편한 상황은 자신의 현실이나 욕망을 적극적으로 혹은 솔직하게 인정하는 풍토가 부족한 탓인지도 모른다.

　축재 행위 자체를 부정적으로 보는 시선은 어디서 형성된 것일까? 어떤 사람들은 근대 이전 유교 사회의 전통 속에서 형성된 것으로 보기도 한다. 선비들에게 세속의 명리란 뜬구름과 같은 것이었으므로 재물에 관해 관심을 가진다는 것은 공부하는 사람의 도리가 아니라는 인식이 생겨났다는 것이다. 그렇지만 공자는 재물을 추구하는 행위 자체를 부정적으로 이야기하지 않았다. 도가 행해지는 사회에서 가난하게 사는 것은 부끄러운 일이지만 도가 행해지지 않는 사회에서 부유하게 사는 것 역시 부끄러운 일이라고 하면서, 공자는 『논어論語』에서 정당한 방법으로 재물을 구하는 것은 당연한 일로 여겼다. 축재 과정이 사회의 보편적인 도리에 어긋나지 않는다는 전제를 강조했을 뿐이다. 이런 점을 고려한다면 근대 이전 유교 사회가 축재 행위를 부정적으로 봤다는 생각은 잘못된 것이다. 물론 조선 사회에서 선비들이 축재에 깊은 관심을 가지는 것을 비판적으로 여긴 것은 사실이다. 그러나 세속적 욕망을 앞세우다 보면 공부하는 사람으로서 제대로 된 수양을 하기 어렵고 객관적이면서도 상식적인 정치를 하기 어렵다는 점 때문이었다.

그렇지만 아무리 재산 형성의 투명성을 강조한다 해도 돈을 버는 행위 이면에 존재하는 다른 사람의 재물을 가져와야 한다는 점은 부정할 수 없다. 단순하게 생각해 보자. 사회 구성원 10명이 가지고 있는 재산 총액을 10이라고 할 때 한 사람이 4를 가지고 간다면 세 사람은 자기 몫을 챙기지 못하게 된다. 이럴 때 자기 몫을 챙기지 못한 세 사람을 어떻게 대우할 것인가가 그 사회의 성숙도를 상징적으로 보여 준다고 할 수 있다. 어찌 보면 그 세 사람에 대한 사회적 배려를 복지라고 할 수 있을 터이다. 이런 문제는 어제오늘의 일이 아니라 사유 개념이 생긴 이후 언제나 있었을 것이다. 다산 정약용이 빈부 격차에 대한 문제를 제기하면서 위와 같은 내용을 언급한 적도 있다.

군이 자본주의 사회가 아니라도 빈천한 사람들에 대한 사회적 배려는 사회를 튼튼히 유지하는 토대다. 구성원들 중에 생존하기 어려울 정도로 가난하고 어렵게 살아가는 사람들이 있다면 당연히 사회에 균열을 일으키기 쉽다. 물론 빈천한 사람들이 언제나 사회를 어지럽히는 것은 아니지만, 적어도 그들의 불만이 누적되는 것은 전적으로 전체 구성원들의 책임이다. 그럴 때 4를 소유하고 있는 사람의 역할이 중요하다. 어려운 사람들을 위해 자신이 가진 것을 적극적으로 기부하는 문화는 사회의 조화로운 운영을 위해 필요한 일이다.

어느 집단이나 약자의 처지에서 자기 목소리를 강하고 적극적으로 내는 경우는 흔치 않다. 구조적으로도 어렵거니와 자기 목소리를 냈을 때 닥칠 불이익 때문에라도 그럴 수 없다. 결국 권력을 가진 기득권 세력이 사회적 약자를 배려하는 마음이 절실히 요구된다. 먼저 나서서 어려운 사람의 처지를 이해하려 애쓰고 이익을 나누려는 자세야말로 조화로운 사회를 만드는 큰 힘이다.

중국의 병법서 『삼략三略』에 이런 이야기가 나온다. 옛날에 뛰어난 장수가 있었다. 어떤 사람이 그와 헤어지면서 선물로 막걸리를 증정했다. 술을 받은 장수는 수많은 부하 병사들을 두고 혼자 먹기가 미안했다. 마침 주둔하고 있던 부대 앞으로 시내가 흐르고 있었다. 장수는 병사들을 불러 모아 놓고, 선물로 받은 술을 강에 쏟아부었다. 그런 다음 술이 섞여 흐르는 강물을 병사들과 함께 마셨다고 한다. 생각해 보면, 흐르는 시내에 술을 쏟아부었다 한들 술맛이나 나겠는가. 그렇지만 병사들은 장수의 행동을 보면서 자신들과 함께하고 싶었던 장수의 마음을 알고 감동했을 것이다.

'단료투천(簞醪投川)'이라는 고사가 여기서 나왔다. 막걸리를 강에 던졌다는 뜻의 이 사자성어는 장수가 모든 군사들과 고락을 함께한다는 의미로 널리 쓰인다. 사정이 어려울수록 모든 구성원들이 힘을 모으는 일이 필요하다. 특히 사회적으로 기득권을 가지고 있는 사람들이 자신의 이익만을 위해서 애쓰지 말고 어려운 사람들과 함께 무엇이든 나누는 태도가 필요하다. 경제가 어려워지면 사회적으로 고통을 받는 사람들이 굉장히 많아진다. 실질적인 도움이 될 만한 것을 공유하고 나누는 것도 좋겠지만, 아무리 적은 것이라도 구성원들과 함께 나누려는 마음을 적극적으로 표현하는 태도가 지금으로서는 더 필요하지 않을까. 어려운 현실을 헤쳐 나가기 위해서는 병사들의 희생을 요구하기보다는 자기의 술을 시내에 쏟을 수 있는 장수의 자세가 무엇보다 중요하다.

12. 소를 놓아주고 양을 잡은 이유

불인지심 : 인간으로서 차마 하지 못하는 마음.
-「맹자(孟子)」「양혜왕 상(梁惠王 上)」

고기를 먹어야 하는 자리를 굳이 거부하지는 않지만 자발적으로 육식을 위해 식당으로 가는 일을 삼간 지는 상당히 오래되었다. 고기를 줄여야 한다고 생각하면서도 적극적으로 주장하지 못하니 공부가 실천을 따라가지 못한다는 비난을 들어도 할 말이 없다. 그래도 내 행동이 소극적이기는 하지만 육식을 거부하려는 마음을 가지고 있다는 점을 위안 삼기도 한다. 원래 육식을 즐기지 않기도 했거니와, 오랫동안 자발적인 육식을 하지 않으니 몸이 받아들이지 못하게 된 점도 있다. 이제는 육식을 하면 몸에 이상이 생기거나 바로 배설을 해야 하기 때문에, 어쩌다 사람들과 고깃집을 가더라도 스스로 자제하게 된다.

나는 제레미 리프킨의 『육식의 종말』을 읽다가 정말 뜻밖의 자료에 놀라곤 했다. 이 책에 의하면 소와 같은 가축을 사육하기 위해 소비되는 식량을 모으면 기아에 허덕이는 세계의 모든 사람들을 구제할 수 있을 정도라고 한다. 1989년에 인용된 세계보건기구(WTO)의 자료에 의하면, 만성적인 기아에 시달리는 사람은 13억 명 정도이다. 이는 세계 인구의 20퍼센트에 달하는 숫자다. 세계 곡식 생산량의 30퍼센트 이상을 비육우 및 다른 가축들이 먹어치우는 현실에서 이렇게 많은 사람들이 먹지 못해서 굶주림에 노출되어 있는 것이다. 정말 놀랍지 않은가. 인간은 육식을 위해 가축을 기르고, 가축은 인간이 먹어야 할 식량을 먹어 치움으로써 인간의 가난과 굶주림을 부추긴다. 인간이 인간을 직접 먹는 것은 아니지만, 결국 인간의 식량을 먹어 치운 가축들을 다시 인간이 먹음으로써 살인을 저지르는 것과 같은 결과를 낳는다.

중학교 시절, 나는 할머니의 손에 이끌려 산중에 있는 절로 불공을 드리러 가곤 했다. 전기도 들어오지 않는 시골이라, 여러 차례 기차와 버스를 갈아타면서 먼 길을 떠난다는 것은 어린 내게 참으로 가슴 설레는 일이었다. 그렇게 만난 불교였기 때문에, 내게 불교는 이성적 대상이었다기보다는 생활 속에서 느끼는 감각적 차원의 존재였다. 지금 생각해 보면, 할머니는 육식을 거의 하지 않으셨다. 나는 오랜 세월 동안 부모님보다는 할머니와 단둘이 살아왔다. 그러므로 지금의 내 입맛은 전적으로 할머니의 손끝에서 형성된 것이었다. 어쩌면 육식과 거리가 먼 식생활도 그때 이미 토대를 만들었는지도 모를 일이다.

스무 살 무렵, 내가 살던 동네 앞으로는 작은 시내가 있었다. 학교를 가느라고 길을 나서면 반드시 건너야 하는 시내였다. 그런데 그다지 오염원이 없어 보이는 그 시내는 언제나 흰색 거품과 퀴퀴한 냄새로 가득했다. 아침나절 그곳을 지날 때면 이맛살을 찌푸리곤 했다. 그것은 시내 상류 쪽에 있던 도살장 때문이었다. 아무리 깨끗하게 정화해서 물을 내보낸다 해도 한계가 있는 법, 그 속에는 언제나 짐승들의 죽음이 어른거리고 있었다.

농사를 짓던 우리 집은 소 한 마리를 길렀다. 당연히 비육우가 아니라 농사를 짓기 위한 소였다. 학교가 파하면 소를 먹이러 산과 들을 쏘다녔다. 그때 그 소의 눈망울을 나는 아직도 잊지 못한다. 선하고 순박하기 그지없는 눈을 떠올리면 나는 도살장의 풍경이 소름 끼치도록 무섭게 느껴진다.

이에 반해 인간이 소를 먹기 위해 가하는, 상상을 초월하는 폭력을 떠올려 보라. 제레미 리프킨에 의하면, 요즘 비육우를 기르는 목장에서는 어린 수송아지들을 거세하고, 뿔을 없애 버리며, 움직이지 못하도록 좁은 공간에 가두어서 기른다고 한다. 소에게 먹이는 사료에는 과도한 항생제와 제초제가 완전히 제거되지 않은 채 제공된다. 가히 '엽기적'이라 할 만한 짓을 '인간'이 하고 있다. 도대체 뭐하는 짓인가. 이렇게 끔찍한 방식으로 다른 짐승의 생명을 끊으면서까지 내 생명과 식도락을 즐겨야 하는 것인가.

육식을 완전히 끊자고 주장하는 것은 아니다. 문제는 '육식'이라는 식습관 속에 뿌리내리고 있는 인간 중심적인 사유 체계다. 나아가 그 속에는 생명에 대한 편견이 숨어 있다는 사실을 지적하려는 것이다. 우리가 맛있게 먹고 있는 부드러운 쇠고기는, 얼마 전까지만 해도 순박하고 선한 눈망울을 하고 있던 '하나의 생명체'였다. 혀끝의 감미로운 욕망에 취해서 우리는 그 사실을 까맣게 잊고 있을 뿐이다. 당연히 짐승의 고기는 인간을 위해서 애초부터 제공되어 마땅한 것이었다고 착각을 하고 있을 뿐이다.

모기를 죽일 때, 혹은 파리채로 파리를 잡을 때, 이따금씩 생명을 죽인다는 인식을 한다. 그런데 정작 육식 속에는 살생에 대한 죄의식이 별로 없다. 이것 역시 자본의 거대한 힘이 작용한 탓이다. 불과 10여 년 전만 해도 우리는 동네 식육점에서 붉은 등불 아래 걸려 있던 거대한 고기 덩어리를 목격하곤 했다. 이제 그런 풍경은 사라졌다. 가게에 가면 밝은 조명 아래에 깔끔하게 부위 별로 포장된 고기들이, 다른 상품과 함께 진열되어 있다. 며칠 전만 해도 저 고기를 이루던 동물이 살아 움직이고 있었다는 생각을 못하게 만든다. 이렇게 우리는 서서히 생명에 대한 경외감과 살생에 대한 죄의식을 잊어 가는 것이다.

『맹자孟子』「양혜왕 상梁惠王 上」장에 보면 이런 이야기가 나온다. 제선왕齊宣王이 어느 날 구슬프게 울면서 끌려가는 소 한 마리를 보았다. 사정을 알아보니 흔종釁鐘이라는 의식에 쓰기 위해 희생으로 끌려가는 중이었다. 소의 울음이나 표정이 얼마나 슬픈지 제선왕은 소를 놓아주라고 명령했다. 그러면 제사는 어찌 지내느냐고 하자 양으로 바꾸라고 했다. 그런데 가만히 생각해 보면 소는 불쌍하고 양은 불쌍하지 않단 말인가? 제선왕은 자신이 왜 그런 명령을 내렸을까 속마음을 가늠하지 못해서 맹자에게 물어본다. 맹자는 제선왕의 그 마음이야말로 인仁의 발현이라고 대답한다. 눈앞에서 죽을 곳으로 끌려가는 생명에 대해 불쌍하게 생각하면서 차마 그 광경을 보지 못하는 것, 그것이야말로 어진 마음이 내재되어 있다는 증거라는 것이다.

차마 하지 못하는 마음이라는 뜻으로 '불인지심不忍之心'이라는 말을 쓴다. 이 말은 맹자가 사람의 어진 마음을 설명하면서 말한 내용에서 비롯된 단어다. 사람들이 자신의 쾌락적 욕망을 위해 다른 생명을 경시하는 것은 인간 자신의 심성을 황폐화시키기도 하지만 세계의 조화를 깨는 요인 가운데 하나가 되기도 한다. 어디 소뿐이겠는가. 한때는 같은 공간에서 즐겁게 살았을 수많은 반려동물들이 서슴없이 유기된다. 개와 고양이 같은 반려동물들의 순박한 눈망울을 보면서 어찌 차마 저런 짓을 하는지, 그들과 같은 인간이라는 사실이 부끄럽기까지 하다. 자신의 욕망대로 행동한다면 어찌 인간이라고 하겠는가. 우리 마음속 불인지심을 발현하는 삶이야말로 성인의 삶에 가까이 가는 길일 것이다.

2부.

토끼에게 배우는
삶의 자세

1. 목이 마르기 전에 우물을 파는 지혜

臨渇掘井

임갈굴정 : 목마름에 닥쳐서 우물을 판다는 뜻으로 준비 없이 일에 닥쳐 허둥 지둥하는 일을 의미한다. ―「돈황곡자사(敦煌曲子詞)」「선문십이시(禪門十二時)」

지난겨울, 친구 가족과 함께 여행을 다녀왔다. 산행을 하는 날이었 는데, 우리를 안내하던 사람이 얼음에 미끄러져 손바닥이 크게 찢 어졌다. 산속이라 응급처치를 할 어떤 물건도 보이지 않았다. 다급 하게 손수건을 꺼내 지혈시켰지만 흐르는 피를 감당할 수 없었다. 그때 뒤처져 따라오던 친구가 얼른 배낭을 풀더니 속에서 솜과 소 독약, 붕대 등을 꺼냈다. 덕분에 산행을 무사히 마칠 수 있었음은 물론이다. 나중에 가만히 지켜보니, 그 친구 배낭에는 없는 것이 없 었다. 구급약품뿐만 아니라, 여행 정보, 물, 사탕, 화장지, 메모지, 밑반찬 등을 마치 화수분처럼 쏟아 냈다.

언제나 당면한 문제를 해결하는 데 급급해서 살아온 것은 아닌가, 하고 되돌아볼 때가 있다. 어떤 일이 일어나도 그만한 준비가 되어 있다면 험난한 세상을 훨씬 여유롭게 헤쳐 나갈 수 있으리라. 안타깝게도 이런 사실을 누구나 알고 있으면서도 정작 내 삶 속에서 실천하지는 못한다. 그러니 언제나 내 삶은 궁색하고 팍팍할 수밖에 없다. 당연히 삶의 여유도 없고, 삶을 바라보는 거시적 안목도 없다.

어찌 개인의 삶에서만 그러랴. 우리 사회의 조급증은 어쩌면 미래에 대한 준비를 하지 못하는 데에서 근원하는 것은 아닐까. 무엇이든 닥친 현안만을 해결하면 그뿐이요, 내가 이 자리에 있는 동안만 사고가 나지 않으면 그만이라는 생각이 준비 없는 사회를 만드는지도 모른다. 미봉책으로만 사태를 덮으려는 태도에서 문제의 근본적 해결을 기대한다는 것은 무망한 일이다.

중국 고대 의학서인 『소문素問』에는 이런 구절이 있다. "병이 이미 만들어진 뒤에 약을 쓰는 것은 마치 목마른 상태에 닥쳐서 우물을 파는 것과 같다病已成而藥之, 猶渴而掘井."

병이 몸에 만들어지기 전에 그것을 예방하는 약을 쓰는 것이 중요하고, 목이 마르기 전에 미리 우물을 파는 것이 순리다. 우리는 지금 몸속에 병이 깊어 썩어 들어가고, 갈증으로 목숨이 경각에 달렸는데도, 여전히 미봉책을 만드는 데 몰두하고 있는 것은 아닌지 우려스럽다.

2. 일일이 털을 불어 가며 흠집을 찾지 마라

吹 毛 求 疵

취모구자 : 털을 불어서 흠집을 찾아내다. 억지로 남의 잘못을 찾아내기 위하여 애를 쓴다는 의미.
　　　　　　　　　　　　　　　　　　　　　-한비자(韓非子)「대체(大體)」

　사람이 살아가면서 내 행동이나 선택의 정당성을 분명하게 알 수 있다면 얼마나 좋을까. 주머니 털어 먼지 안 나는 사람 없다는 속 담은 아마 그런 어려움을 은근히 지적하려는 게 아닐까 싶다. 사람 살이라는 게 일도양단一刀兩斷에 쾌도난마快刀亂麻 식으로 해결될 문제 가 절대 아니라는 건 누구나 안다. 어떤 삶의 맥락에서 나온 말이 냐 하는 것은 발화자의 진의를 확인하는 중요한 근거 가운데 하나 다. 인간의 무한한 삶의 양태를 유한한 언어로 표현하자니 자연히 오해가 생길 수밖에 없는 노릇이라고 치부하면, 우리는 애초에 의 사소통이 불가능한 세상에 살고 있는 셈이다.

　질투는 나의 힘이라고 했던가. 사람이 조금만 모여도 다른 사람과 내 처지를 비교하고 괜히 질투하는 것도 사람살이의 한 모습이다. 적당한 질투야 당연히 삶의 질을 높이는 계기가 되지만, 과도할 때는 서로의 마음을 피폐하게 만든다. 사람 마음이라는 게 요상한 것이어서, 좋은 마음으로 볼 때면 무엇이든지 좋다가도 심술궂은 마음으로 보기 시작하면 무엇 하나 좋아 보이질 않는다. 아내가 좋으면 처갓집 말뚝도 좋아 보이다가도, 한번 마음이 돌아서면 부부 사이도 졸지에 원수 사이로 바뀐다. 마음이 만드는 장난이다.

대학이라는 곳이 알고 보면 참 좁은 공간이다. 연구 때문에 교수와 교수들끼리 모여 일을 하고, 스승과 제자 사이에 함께 공부하느라고 같은 연구실에서 오래 지내기 일쑤다. 서로 좋은 점을 보고 감싸 주어야 할 사이인 것이 분명하지만 같이 살다 보니 장점과 단점이 모두 눈에 들어온다. 장점을 보면서 단점을 감싸 줄 것인가, 단점을 과장하여 장점을 묻을 것인가.

평소에는 그렇게도 잘 지내다가 어떤 보직이라도 맡을 양이면 뒤에서 그의 단점을 비난하는 경우가 있다. 심지어 그의 문제점을 찾기 위해 과도한 촉각을 세워 뒷일을 캐기조차 한다. 그렇게 살아가는 사람이라면 자신의 심성이 고와질 리 만무하다. 최모구자吹毛求疵는 이런 경우에 쓰는 말이다. 덮인 털을 불어서 그 속의 흠결을 찾아낸다는 뜻이니, 일부러 남의 허물을 들추어내어 비난하려는 것을 의미한다.

『한비자韓非子』의 「대체大體」 편에 나오는 원문은 이렇다. "터럭을 불어서 작은 흠집을 구하지 말 것이며, 더러운 때를 씻어서 알기 어려운 것을 자세히 살피려 들지 말라 不吹毛而求小疵, 不洗垢而察難知. "

사이가 나빠지는 경우를 보면 상당 부분이 작은 오해 때문에 벌어진다. 오해가 원수를 낳는다. 얼마 살지 못하는 인생살이에서 남의 작은 잘못을 찾느라 시간을 허비한다면 그것이야말로 정말 안타까운 일이다. 내가 남의 잘못을 찾고 있을 때, 어쩌면 남도 내 잘못을 찾고 있지는 않을지 생각해 보라. 정말 등골이 서늘해지지 않는가.

3. 누군가로부터 자신의 문제를 지적당하는 기쁨

護疾忌醫

호질기의 : 자신의 병을 숨기고 의사에게 보이기를 꺼린다는 뜻. 자신의 문제점을 드러내지 않으려고 숨기다가 오히려 더 큰 화를 불러온다는 의미.

-주돈이(周敦頤), 『통서(通書)·과(過)』

자신의 병은 사람들에게 널리 알리라는 말이 있다. 명의도 고치지 못하는 병을, 뜻밖의 장소에서 치료하는 경우가 있기 때문이다. 그렇지만 막상 병에 걸리면 자신의 병세는 물론이려니와 병명조차 숨기는 사람이 많다. 병이 알려지면 사람들마다 근심 어린 위로의 말을 건네겠지만, 당사자 입장에서는 그리 유쾌한 일만은 아니다. 위로의 말이 오히려 귀찮으니 접촉을 아예 자제하는 사람도 있다.

몸에 난 병만 그런 것이 아니다. 내게 문제가 있다면 사람들에게 널리 알리고 의견을 구하는 것이 상식이다. 혼자 해결하면 좋겠지만, 문제점을 스스로 해결하거나 저절로 없어지기를 기다리는 것은 지혜롭지 못한 짓이다. 주위를 둘러보면 문제를 함께 의논하고 해결할 만한 사람이 분명 있을 터인데도, 정작 실생활에서는 그렇게 행동하기가 쉽지 않다.

구성원들 사이에 의사소통이 얼마나 원활하게 이루어지는가를 살피면 그 사회의 건강도를 짐작할 수 있다. 밀폐된 방 안에서는 곰팡이가 쉬 번지듯이, 의사소통이 제대로 되지 않는 집단이 건강할 리 만무다. 어렸을 때부터 많은 집단과 모둠에서 토론과 토의를 하지만, 나의 문제점을 공개적으로 드러내 논의거리로 삼기란 어렵다. 아무리 내가 잘못했더라도 누군가가 그 점을 지적하는 순간 우리는 이성적 판단보다는 감성적 충동에 휩싸이기 일쑤다. 겉으로는 대범한 듯이 웃으며 그것을 받아들이지만, 마음속에는 상처로 각인되어 오랫동안 그 아픔을 잊지 못한다. 그러니 다른 사람의 문제점을 지적하기도 쉽지 않거니와, 자신의 문제점을 드러내는 것이 꺼려진다.

공자의 제자인 자로子路는 누군가로부터 자신의 문제점을 지적받으면 기뻐했다고 한다. 자신이 모르고 있던 문제점을 고쳐서 더 나은 인간이 될 수 있었기 때문이다. 북송北宋 시대의 유학자인 주돈이周敦頤는 『통서通書』 「과過」에서 이렇게 말한 바 있다. "자로는 자신의 잘못을 들으면 기뻐하여, 그 명성이 영원히 전해지게 하였다. 그런데 요즘 사람들은 잘못이 있어도 다른 사람들이 바로잡아 주는 것을 기뻐하지 않는다. 이는 마치 병을 감싸 안아 숨기면서 의원을 기피하여 자신의 몸을 망치면서도 깨닫지 못하는 것과 같으니, 슬프구나!"

병을 숨기고 의사와 상의하지 않는다면 그 피해는 고스란히 자신의 몫으로 돌아온다. 어느 사회나 마찬가지겠지만, 문제점을 툭 터놓고 자유로운 의견을 교환할 수 있어야 건강과 희망이 넘쳐날 수 있다.

어느 집단이나 구성원들 간의 소통이 얼마나 되는가에 따라 집단의 건강함과 발전 가능성이 결정된다. 특히 정치권은 다양하게 제기되는 문제점에도 불구하고 국민들의 비판과 충고를 겸허히 받아들이려는 자세가 부족하다. 소통 부족은 또 다른 문제를 낳는다. 그 문제가 더 커지기 전에, 얼른 귀를 열고 국민들과 전문가들의 소리에 귀를 기울여야 한다. 병을 숨기려다 자신을 망치는 법이다.

4. 흐르는 물에 발을 담그고

濯	足	萬	里

탁족만리 : 만 리를 흘러가는 냇물에 발을 씻는다는 뜻으로, 어지러운 세상을 벗어나 유유자적하는 모습을 드러냄.   -좌사(左思), 『영사(詠史)』

어린 시절, 학교가 파하면 가방을 방 안에 던져두고는 소를 몰고 뒷산으로 갔다. 지금이야 아이들이 학원가를 전전하는 일이 많지만 예전에는 산과 들로 돌아다니며 농사일을 거드는 경우가 많았다. 열 살 남짓한 아이들이라 장정 한 사람 몫을 해내기란 어려웠으므로 집 안의 자질구레한 일은 대체로 아이들 차지였다. 그중에서도 봄부터 가을까지 소를 끌고 가서 돌보는 일은 우리의 중요한 일과 가운데 하나였다.

오후 두 시가 넘으면 동네 아이들이 소를 끌고 삼삼오오 떼를 지어 뒷산으로 모여든다. 소를 끄는 밧줄을 쇠뿔에 친친 감아서 묶은 뒤 풀어놓으면 소는 혼자서 산을 돌아다니며 풀을 뜯다가 저물녘이면 우리가 있는 곳으로 내려왔다. 그사이는 온통 우리들의 시간이었다. 계절마다 우리는 갖가지 서리를 하거나 전쟁놀이를 하거나 주변의 동굴을 탐험하곤 했다. 그중에서도 재미있는 일은 역시 개울가에 앉아서 흐르는 물에 발을 담그고 친구들과 수다를 떠는 일이었다. 더운 여름이 다가오면 잠시 뙤약볕을 피해서 수풀이 우거진 개울가에 모여 발을 담갔다. 발끝으로 전해 오던 그 서늘한 느낌은 지금도 내 마음에 선연하다.

조선 시대 선비들의 여름 놀이로 탁족회濯足會가 있었다는 것은 널리 알려져 있다. 보통은 삼복더위에 하는 놀이다. 양기가 천하를 뒤덮을 때 그것을 피하기 위해 계곡으로 가서 하루를 보내는 것이다. 술과 음식이 따르기는 하지만 그보다는 모여서 세상 번우한 일을 잊고 시와 음악, 이야기를 즐기면서 하루를 보낸다는 의미가 더 크다. 지금이야 피서가 일터의 휴가나 아이들의 방학에 맞추어져 있고, 피서를 가는 행태 역시 다양해졌다. 그러나 그 다양함만큼 놀이의 고아함을 얼마나 갖추고 있는지 생각해 보면 조선 선비들의 탁족에 비견될 것이 얼마나 될까.

탁족만리濯足萬里라는 말이 있다. 이 구절은 원래 중국 서진西晉 시대의 시인 좌사左思의 시구에 나온다. 그는 '역사를 노래함詠史'이라는 제목의 시에서 "천 길 벼랑 위에서 옷깃 떨치고, 만 리 흐르는 냇물에 발을 씻노라振衣千仞崗, 濯足萬里流"라고 했다. 어지러운 세상에서 벗어나 표표한 마음으로 우주를 바라보는 심정이 표현되어 있는 구절이다.

어수선한 일들이 세상에 가득하다. 난마처럼 얽힌 세상일에 휩쓸려 살다 보면 내가 도대체 무엇을 하는지, 어디를 향해 가고 있는지 혼몽해질 때가 많다. 그럴 때면 모든 것을 잠시 그 자리에 놓아 버리고 한 걸음 물러서서 세상을 관조해 보는 건 어떨까. 흐르는 물에 잠시 발을 담그고 잃었던 마음속의 여유와 풍류를 찾아보는 일이야말로 우리의 삶을 고양시키는 좋은 방법일 것이다.

5. 만물을 감동시키는 믿음

信及豚魚

신급돈어 : 믿음이 돼지나 물고기 같은 미물들에게까지 미친다는 뜻으로, 입으로만 믿음을 이야기하기보다는 행동으로 실천하는 일이 중요함을 말함.

-「주역(周易)」「중부(中孚)」

조선 중기의 문인 백곡柏谷 김득신金得臣과 구당久堂 박장원朴長遠은 세상 사람들이 다 아는 절친한 사이였다. 나이 차이는 좀 있었지만 그들의 교유는 정중하면서도 친밀했다. 한번은 김득신이 친상親喪을 당했는데 너무 가난한 탓에 제수를 마련할 길이 없었다. 때마침 박장원은 지방의 관찰사로 발령이 나서 가는 길이었다. 그는 김득신이 상을 당해 슬픔과 어려움에 처한 것을 안타까워하면서도 발령이 나서 가는 길을 연기할 수 없었다. 그래서 지금 당장 도울 수는 없지만 나중에 대상大祥을 치를 때에는 모든 제사 음식을 자신이 마련해서 보내겠다는 약속을 하고 길을 떠났다.

세월이 흘러 드디어 대상을 맞이하게 되었다. 2년이나 지났지만 김득신은 박장원의 약속을 잊지 않고 있었다. 당연히 어떤 음식도 준비하지 않았다. 집안사람들은 우려 섞인 빛으로 대상을 맞았다. 그러나 아침이 지나 점심때가 지나도 제사 음식은커녕 아무런 소식조차 들리지 않았다. 저녁이 되어도 기별이 없었다. 기다리다 못한 사람들이 김득신에게 음식을 얼른 준비해서 대상을 치르자고 권유했다. 한 지역의 관찰사로 간 사람이라면 바쁘게 지내고 있을 것이고, 부임지로 가는 길에 한 약속을 이렇게 오랫동안 기억하고 있을 리 만무하다는 것이 그 이유였다. 그러나 정작 김득신 자신은 태평한 얼굴이었다.

한밤중이 되었다. 어떤 사람이 허겁지겁 달려와서 김득신의 집 문을 두드렸다. 나가 보니 박장원이 보낸 사람이었다. 박장원은 제사 음식을 마련해서 며칠 전에 사람을 시켜 김득신에게 보냈지만, 오는 도중에 장맛비를 만나 늦어졌다고 했다. 이를 보고 신의를 저버렸다고 비난하던 사람들의 얼굴에 부끄러운 빛이 떠올랐다. 이 일화는 이유원李裕元이 쓴 『임하필기林下筆記』에 수록되어 전한다.

사람과 사람 사이에 믿음이 있기 때문에 사회가 안정적으로 돌아간다. 예부터 '믿음'은 '인의예지仁義禮智'와 함께 다섯 가지 인간의 기본적인 덕목(오상五常)으로 꼽혔다. 아무리 개인의 심성을 닦고 공부를 많이 한다 해도 믿음을 얻지 못하면 아무것도 이룰 수 없다. 김득신과 박장원의 일화에서 우리는 두 사람 중 누구의 믿음이 더 뛰어난가를 따지지는 않는다. 믿음이란 원래 사람들 사이에서 자연스럽게 만들어지는 상호적인 덕목이기 때문이다.

『주역周易』에 '신급돈어信及豚魚'라는 말이 있다. 믿음이 돼지나 물고기 같은 미물들에게까지 미친다는 뜻이다. 입으로만 믿음을 이야기하기보다는 행동으로 실천하는 일이 중요하다. 주변 사람들과 얼마나 두터운 신의를 주고받는지 자주 돌아볼 일이다.

6. 토끼가 살아가는 법

狹兔三窟

교토삼굴 : 교활한 토끼는 세 개의 굴을 판다는 뜻으로, 비상시를 대비해서 여러 가지 자구책을 마련해 두어야 한다는 말.

-「전국책(戰國策)」

현관 앞에서 큰 뱀 한 마리가 발견되었다. 구렁이 종류였는데, 현관 옆 화초 더미 속에서 똬리를 틀고 있었다. 놀란 가슴을 진정시키면서 동서가 부랴부랴 긴 작대기를 찾아서 다시 쫓아갔더니, 그 녀석은 벌써 집 아래쪽에 있는 구멍으로 대가리를 집어넣고 있었다. 다급한 김에 동서는 장갑을 낀 손으로 뱀의 꼬리를 잡아당겼다. 한동안 그렇게 실랑이를 벌인 끝에 결국 큰 자루에 넣을 수 있었다. 동서는 장인어른과 함께 입구를 꽁꽁 묶은 뒤 자동차로 꽤 먼 거리를 달려서 놓아준 뒤 집으로 돌아왔다.

동서네 집 옆은 드넓은 초원이다. 낮에 보면 평범하게 보이는 그 초원은 온갖 야생동물들이 터를 잡고 살아가는 곳이다. 당연히 뱀의 주 서식지도 거기였을 것이다. 그런데 왜 집 앞까지 진출하게 되었을까. 바로 토끼 때문이었다.

그 동네에는 야생 토끼가 많이 서식했는데, 주로 초원 옆 인가에 굴을 파고 살아갔다. 동서네 집을 둘러보면 큰 구멍이 여러 개 보인다. 토끼 굴이다. 뱀은 토끼를 노리고 인가 부근을 어슬렁거린다. 뱀 때문에 놀란 식구들은 결국 토끼 굴을 막아 버리기로 했다. 집을 둘러보면서 보이는 구멍은 모조리 막았다. 어떤 것은 돌로 막고, 어떤 곳은 흙을 퍼서 단단하게 다지기도 했다. 며칠 토끼들의 발걸음이 뜸하다 싶었는데, 웬걸, 다시 토끼들이 무시로 출입하는 것이었다. 게다가 토끼들이 새끼를 낳았는지, 작고 앙증맞은 새끼 토끼들이 사람의 발길을 피해서 뜰 앞을 오간다. 그 모습을 보던 동서네는 결국 토끼 굴과의 전쟁을 포기하고, 이제는 뱀이 오지 않기만을 바라게 되었다.

토끼는 힘이 센 것도 아니고 날카로운 발톱이나 이빨을 가진 것도 아니다. 대신 굴 안에 여러 개의 출입구를 만들어 놓는다. 들어가는 구멍이 하나인 것 같아도 여러 개의 출구로 연결된다. 적이 침입해도 다른 구멍으로 달아나면 되니까 목숨을 잃을 염려는 줄어든다.

'교토삼굴狡兔三窟'이라는 말이 있다. 교활한 토끼는 세 개의 굴을 판다는 뜻이다. 『전국책戰國策』에 나오는 고사다. 토끼가 여러 개의 굴을 파서 재난을 피하듯이, 사람도 비상시를 대비해서 여러 가지

자구책을 마련해 두어야 한다는 말이다. 보험이니 연금이니 저축이니 하는 것들도 따지고 보면 우리가 토끼 굴을 파는 것처럼 재난을 피하기 위한 방책 가운데 하나다. 우리는 도대체 얼마나 많은 굴을 파야 안심하고 살 수 있는 세상을 만들 수 있을까.

7. 서리가 밟히면 겨울을 준비하라

履霜之戒

이상지계 : 서리가 발에 밟히면 추운 계절이 오리라는 것을 알고 경계하라는 뜻으로, 어떤 징조를 보면 그것이 가져올 재난을 미리 알아서 방비하도록 경계해야 한다는 뜻.
　　　　　　　　　　　　　　　　　　　　　-「신당서(新唐書)」「고종기(高宗紀)」

1590년에서 1591년 무렵, 일본의 풍신수길이 중국을 침략할 마음을 먹고, 먼저 조선에 통신사를 보내서 협박을 했다. 조정에서는 일본에 통신사를 파견할 것인가, 말 것인가 하는 문제로 논의를 거듭하다가, 결국은 유성룡의 건의로 통신사를 파견했다. 조선의 통신사 일행이 일본에 도착했는데도 풍신수길은 50일이 지나도록 만나주지 않았다. 게다가 통신사 일행을 접대하면서 풍신수길은 질그릇 잔으로 술을 마셨고, 술을 마신 뒤에는 술잔을 깨뜨린 뒤 새것으로 바꾸었으며, 어린아이를 무릎에 앉히고 장난을 치기도 했다. 실로 오만방자한 행동이었다.

　이듬해 풍신수길은 조선에 다시 통신사를 파견하여, 전년도에 조선이 통신사를 파견해 준 것에 대하여 사례를 했다. 이때 조헌趙憲이 상소를 올렸다.

"질그릇 잔으로 술을 마시고, 마신 뒤에는 깨뜨렸으니 이는 맹약을 깨겠다는 뜻이고, 어린아이를 안고 장난을 친 것은 우리나라를 어린아이처럼 본 것입니다. 청컨대 왜의 사신을 처벌하고 이 사태를 중국에 알리소서."

당시 식견이 있는 사람들은 조헌의 용기를 칭찬했지만 조정의 의론은 미친 짓으로 여겼다.

임진년(1592) 3월 어느 날 밤, 제자들과 함께 앉아 있다가 유성이 떨어지는 것을 보고 조헌은 깜짝 놀라 말했다. 왜적의 침략이 시작되었다는 것이다. 그의 말처럼 과연 왜군들의 침략과 함께 조선은 기나긴 전쟁에 돌입하게 되었다. 전쟁이 시작되자 조헌은 의병들을 모아서 싸우다가 장렬하게 전사했는데, 그를 따르던 의병들 중에 도망친 사람은 하나도 없었다고 한다. 유몽인柳夢寅이 지은 『어우야담於于野談』에 수록되어 있는 이야기다.

'이상지계履霜之戒'라는 말이 있다. 서리가 발에 밟히면 머지않아 얼음이 꽁꽁 어는 겨울이 다가오리라는 것을 알 수 있으니, 추운 계절을 대비하라는 경계를 말한다. 『신당서新唐書』에 나오는 말인데, 어떤 징조를 보면 그것이 가져올 재난을 미리 알아서 방비를 하도록 경계해야 한다는 뜻이다.

세상의 어떤 재앙도 갑자기 닥쳐오지는 않는다. 우리가 미처 알아차리지 못하는 사이에 조금씩 징조를 보이다가 눈앞의 현실로 나타나는 법이다. 그 징조야말로 우리가 현실로 마주하는 재앙의 원인이자 경계 경보다. 조헌이 여러 가지 상황과 징조를 통해서 재난이 일어날 것을 예측했던 것처럼 심상하게 보이는 주변의 상황을 조심스럽게 읽고 대비하는 태도가 필요하다. 세상에 원인이 없는 결과가 어디 있겠는가.

8. 작은 실수는 삶의 활력소가 된다

小 心 翼 翼

소심익익 : 언제나 공경하는 마음으로 자신의 행동을 신중하게 한다는 뜻.
-『시경(詩經)』「대아(大雅)」 대명(大明)

미국에서 1년 동안 생활하게 되면서 제일 신난 사람은 역시 초등
학교 5학년 아들이다. 한국에서는 학교 숙제하랴 학원 다니랴 바빴
는데, 이곳에서는 놀기에 여념이 없다. 문을 열고 나가기만 하면 온
통 놀이터 천지인지라 또래들만 보이면 무슨 놀이든 함께 놀다가
어둑해서야 들어온다.

미국 생활도 절반이 넘어가자 나는 아이의 학교 생활을 조금이
나마 촬영해 두고 싶었다. 담임 선생님에게 말씀을 드렸더니 흔쾌
히 허락을 하셨다. 마침 그날은 오징어 해부를 하는 날이었는데, 본
의 아니게 나도 아이들의 실습을 도와주며 보조 교사 역할을 하게
되었다. 동해 바닷가에서 자란 내게 오징어는 친숙한 탓이었다.

그 일을 계기로 나는 담임 선생님과 제법 친해지게 되었다. 50대 중반쯤으로 보이는 선생님은 호탕한 성품이었지만 자잘한 실수도 꽤 하는 분이었다. 우리 아이의 성적표를 다른 아이와 혼동해서 보내기도 하셨고, 다음 주에 내야 할 숙제를 이번 주에 보내기도 하셨고, 행사 일정을 늦게 알려 주어서 우리를 허둥대게도 하셨다. 그렇지만 우리 아이를 잘 돌봐주셨던 덕분에 아이도 선생님을 좋아하게 되었다.

3주 정도의 짧은 겨울방학이 가까워 오던 날, 아이는 선생님에게 감사의 마음을 담아 카드를 썼다. 선물을 어떤 것으로 할까 생각하다가 마침 내가 가지고 간 음반을 드리기로 했다. 해금 연주를 담은 것이었는데, 한국 전통 음악이라 선생님에게도 인상적일 것이라는 생각이 들었다.

크리스마스 전날, 우리는 선생님의 답장을 받았다. 선생님은 카드 양면 가득 아이에게 보내는 애정 어린 말씀을 쓰신 다음, 우리가 보내드린 음반을 아주 흥미롭게 듣고 있다는 말씀을 덧붙이셨다. 그리고 마지막 단락을 이렇게 쓰셨다. "'Arirang for Haeguem'이라는 곡을 잘 듣고 있단다. 그런데 해금은 한국에서 어떤 명절이니?"

선생님의 편지 덕분에 우리는 해금 연주를 들으면 웃음을 머금을 수 있었다. 『시경詩經』에 '소심익익小心翼翼'이라는 말이 있다. 언제나 공경하는 마음으로 자신의 행동을 신중하게 한다는 뜻이다. 우리는 실수하지 않으려고 조심하지만 뜻대로 되지 않는다. 엉뚱한

2부 토끼에게 배우는 삶의 자세

곳에서 실수를 하고 민망해하기도 한다. 그러나 완벽한 사람이 있다면 그게 어디 사람이겠는가. 악의 없이, 남들에게 폐를 끼치지 않는 작은 실수는 오히려 우리 삶의 활력소가 되기도 한다. 늘 조심하려고 하는 것은 우리의 이상이지만 작은 실수로 웃음 짓게 만드는 것은 우리의 현실이다.

9. 옛사람들이 찾은 최고의 노후 보장 보험

淸	心	少	欲

청심소욕 : 맑은 마음으로 욕심을 적게 냄.
-『위서(魏書)』「장곤전(張袞傳)」

내가 그 스님을 처음 만난 것은 15년 전쯤이다. 그분은 출가한 이래 안거 기간 동안에는 선방에서 정진하셨고, 안거철이 아닌 때에는 암자를 전전하며 공부하고 계셨다. 함께 출가한 도반들이 제법 큰 사찰의 주지 소임이나 종단의 큰일을 맡아서 활동하고 있었지만, 그 스님은 단 한 번도 그런 소임을 맡은 적이 없었다. 공부 외에는 어떤 소임도 거절하고 묵묵히 자신의 길을 걸어가는 모습을 보고 나는 자못 큰 충격과 감동을 받았다.

이후로도 일 년에 몇 차례씩 만나서 좋은 말씀을 듣곤 했는데, 어느 때부턴가는 소식이 두절되었다. 그렇게 몇 년을 못 뵙다가, 우연히 어느 암자에서 스님을 만나게 되었다. 그동안 그분은 제주도에서 반지하 방을 얻어서 생활하셨다고 한다. 어려운 생활이었지만 속세에서의 치열한 수행 덕분에 즐거운 나날이었다고 했다.

그런 생활은 뜻밖의 계기로 인해서 끝났다. 제주도의 생활이 주변에 조금씩 알려지자 그분의 사정을 배려한 몇 분이 절에서 소임을 맡지 않겠느냐고 말을 건네 왔던 것이다. 스님은 그 말을 듣는 순간 자신과 제주도와의 인연이 이제 끝났다는 사실을 직감했다고 한다. 그 길로 스님은 즉시 짐을 싸들고 다시 산속 선방으로 훌쩍 떠나왔다. 여전히 어떤 소임도 마다하고 오직 수행의 한길을 걷고 계셨다. 나는 웃으면서 여쭈었다. "스님 연세도 꽤 되시는데, 나중에 노후는 어떻게 지내시려고 그러세요?" 그러자 스님의 대답은 간단했다. "수행을 하겠다고 부모 형제 버리고 떠나온 처지에, 노후의 편안한 생활을 걱정하는 것은 제 욕심이지요. 수행이야말로 최고의 노후 보장 보험 아니겠습니까?"

우리나라도 노령 인구가 많아지면서 최근 들어 노후 생활에 대한 관심이 부쩍 늘었다. 늙음은 아무도 가 보지 못한 길이기에 두려움도 있다. 그러나 아직 오지 않은 길에 대한 공포 때문에 지금의 삶을 오직 쌓아 두는 것에만 집착하는 것은 어리석은 짓이다. 욕망에 대한 절제 없이 맑고 아름다운 삶을 살아갈 수는 없다.

'청심소욕淸心少欲'이라는 말처럼, 맑은 마음으로 욕심을 적게 내는 삶이 필요하다. 현재의 삶에서 하나의 원칙을 찾아 자기를 단련하는 것이야말로 최고의 노후 대책이 아닐까. 노후를 걱정하기보다는 욕심 없는 현실을 만드는 것에 매진하자는 것이다. 몸은 곤고할지 모르지만 사람답고 향기로운 삶을 누리는 것, 그런 노후를 즐기고 싶다.

10. 지나치게 반듯한 당신

```
禮 失 則 昏
```

예실즉혼 : 사람이 예법을 잃으면 뜻을 잃고 혼란에 빠진다는 뜻.
-「사기(史記)」

내게 할아버지는 언제나 청년의 모습으로, 할머니는 70대 노인의 모습으로 남아 있다. 할아버지는 전쟁 통에 일찍 돌아가셨는데, 모습을 남긴 유일한 사진이 바로 동그란 안경을 쓴 청년의 모습이었던 것이다. 이따금씩 할머니에게 할아버지에 대한 것을 여쭤 보면 참 경우 바른 분이었다는 말씀을 자주 하셨다.

하루는 이웃 동네에 잔치가 있다면서 할아버지께서 아침나절에 집을 나섰다. 점심을 드시면서 잔치를 보신다는 말씀이 있으셨으므로, 할머니는 들일을 하시다가 돌아와서 혼자 점심을 드신 뒤 다시 밭으로 가려고 집을 나설 때였다. 갑자기 할아버지가 들어오시면서 점심 식사거리가 있느냐고 하시는 것이다. 이상한 마음이 들긴 했지만, 할머니는 남은 밥으로 점심상을 차려 드렸다고 한다.

며칠 후 할머니는 장을 보러 갔다가 친척을 만났는데, 그제야 왜 할아버지가 집으로 돌아와서 점심을 들게 되었는지 그 연유를 듣게 되었다. 할아버지께서 잔칫집에 들어가서 자리를 잡으니 그 집에 새로 들어온 며느리가 상을 들고 들어와서 음식을 차리기 시작했다. 두 사람은 자주 본 적이 없으니 데면데면한 것은 당연지사다. 무언가 말을 건네긴 해야겠는데 할 말은 없고 해서 어색한 표정으로 음식을 들기 시작했다. 그런데 할아버지는 숟가락과 젓가락을 한꺼번에 들지 않는 버릇이 있었다. 숟가락으로 밥을 한 술 떠서 드시면 반드시 숟가락을 상 위에 놓은 다음 젓가락을 들어서 반찬을 집는 식이다. 그렇게 두어 숟가락 뜨신 뒤 젓가락을 집으려고 상 위에 숟가락을 놓는 순간 잔칫집 새 며느리가 방으로 들어오다가 우리 할아버지와 눈이 딱 마주친 것이다. 그러고는 엉겁결에 왜 벌써 숟가락을 놓으시느냐고 물었다. 경우가 지나치게 바르셨던 우리 할아버지는 차마 더 드실 거라고 말씀도 못하신 채 우물거리다가 그냥 도망치듯 그 집에서 나오고 말았다. 결국 집으로 돌아와서 점심을 다시 드셔야 했던 것이다.

체면을 차리느라고 식사를 제대로 하지 못한 할아버지의 일화는, 요즘 같은 세상에서는 이상하게 들릴지도 모르겠다. 그러나 불과 몇 십 년 전만 하더라도 우리는 그렇게 체면을 차리며 살아왔다. 『사기史記』에 '예실즉혼禮失則昏'이라는 말이 있다. 사람이 예법을 잃으면 뜻을 잃고 혼란에 빠진다는 뜻이다. 자신이 서 있는 자리에서 지켜야 할 예를 알고 조화롭게 지키는 일이야말로 어렵지만 꼭 필요한 일일 것이다.

11. 부박한 말들이 넘쳐 나는 시대

矮	人	觀	場

왜인관장 : 키가 작은 사람이 뒤쪽에서 놀이판을 구경한다는 뜻으로, 자기 생각은 없이 다른 사람의 뜻에 빌붙어서 부화뇌동하는 태도를 의미함.
-주희(朱熹)의 『주자어류(朱子語類)』

직접 경험한 일도 세월이 흐르면 기억의 왜곡이 일어난다. 떠나간 열차가 아름답다거나, 힘든 과거를 회상할 때 낭만적으로 착색되는 것은 그 왜곡이 만들어 내는 일종의 신기루거나 무지개와 같은 것이다. 아름답지만 실체는 없는 것, 그것이 과거에 대한 기억이 아닐까 싶다. 신에게서 받은 최고의 선물은 망각이라는 말을 들은 적이 있다. 모든 것을 세세하게 기억하는 사람에게 인생은 얼마나 끔찍할 것인가. 우리의 삶에서 행복한 기억만 있는 것이 아니라면, 적절하게 내 기억 속에서 털어 내는 것도 필요하다.

우리의 기억을 구성하는 것은 언어다. 만약 언어가 없다면 대부분의 기억들은 구성되지 못하거나 모호한 이미지만으로 연상되기 때문에 기억으로서의 역할을 하기 어렵다. 경험이나 인류의 축적된 지식을 전하는 중요한 매체가 언어이기도 하지만 동시에 경험의 구체적인 실상에서 한 걸음 떨어지게 만드는 것도 언어다. 언어는 구체적인 것들을 개념화하거나 추상화하는 역할을 하기 때문에 어떤 사물이나 사건이 언어로 전환되는 순간 그것은 이미 현실에서 떨어지게 된다. 언어로 구성하는 현실은 사람마다 다르다. 그것은 개인의 사고가 현실을 파악하는 방식을 달리하기 때문일 것이다. 사고방식이 다르고 표현 방식이 다르다는 것은 언어에 의한 세계의 구성 방식이 다르다는 의미다.

나는 어렸을 때부터 장터 구경을 좋아했다. 초등학교 시절, 집으로 돌아가기 위해서는 장터를 지나야 했다. 오일장이 서는 날이면 내 하교 시간은 훨씬 더뎌졌다. 주머니에 돈이 없어도 즐거운 볼거리가 있는 곳이 장터다. 제일 신나는 날은 떠돌이 약장수가 와서 판을 벌렸을 때다. 사람들의 눈을 잡아 두기 위해 흥미진진한 쇼를 하는 것은 물론 노래와 춤과 재담으로 웃음이 떠나지 않았다. 약장수를 연상할 때 우리는 흔히 "애들은 가라"와 같은 류의 사설을 떠올리지만, 가만히 생각해 보면 내가 그 장면을 직접 본 적은 거의 없다. 뱀 장수가 대부분은 말린 것일지라도 갖가지 뱀과 두꺼비, 지네 등속을 늘어놓고 무언가 약을 파는 모습도 자주 보았다. 그러나 그들 역시 "애들은 가라"를 외치면서 손님들에게 약을 팔지는 않았던 것 같다. 내가 기억하는 떠돌이 약장수의 모습은 직접적인 경험에 의한 것이라기보다는 훗날 사람들에게 재담의 형식으로 술자리를 흥성스럽게 만들던 모습에서 유추되어 내 기억에 착색된 것이 아닐까 싶다. 그렇게 보면 우리의 기억은 얼마나 신뢰가 떨어지는 것인가.

왕년에 나도 해 보았다는 주장의 대부분은 아마도 이렇게 만들어진 기억에 의존한 발언일 가능성이 높다. 그 정도만 해도 어느 정도의 경험에 근거한 것이니 거짓말을 한다는 죄책감도 없고 무언가 자신의 경험을 포장할 수 있으니 좋은 일이다. 문제는 그 경험의 실상이 어떠냐 하는 것이다. 약장수들이 자리를 처음 잡을 때부터 거기에 앉아 있지 않았다면 어린 초등학생 처지에 제일 앞에 앉아서 구경하기란 쉽지 않다. 내 경우는 대부분 하굣길에 우연히 만난 약장수를 구경하는 것이었으니 뒤에서 지켜보기가 일쑤였다. 키 큰 어른들 사이로 언뜻 보이는 구경거리, 와자지껄 소란스러운 소음 속에서 들리는 그들의 재담은 내가 온전히 알아듣기 힘든 것이었다. 그러나 그들이 차력을 하거나 재주를 보일 때는 틈새로 보이는 몇 개의 조각만으로도 사정을 충분히 유추할 수 있었고, 나중에 친구들과 이야기를 할 때에도 마치 내가 모든 것들을 목격한 것처럼 자랑할 수 있었다. 전모를 다 목격한 것은 아니지만 그래도 완전한 거짓말은 아니지 않느냐는 심리적 태도가 내 마음속에 들어 있었을 것이다. 세월이 흘러 다시 생각해 보니, 그렇다고 해도 내가 모든 것을 다 본 것처럼 내 경험을 과장했던 것은 어쩌면 자기 과시를 하고 싶은 마음에서였던 듯하다.

키가 작은 사람이 놀이판에 가서 구경을 하는데 뒤에서 보면 키가 큰 사람에게 가려서 당연히 무대가 보이지 않는다. 그러니 키가 큰 앞사람이 웃으면 자기도 따라 웃고 앞사람이 박수를 치면 자기도 덩달아 박수를 치게 된다. 이런 상황을 일컫는 말이 바로 왜인관장矮人觀場이다. 왜자간희矮子看戱라고도 한다. 키가 작은 사람이 놀이판을 본다는 뜻이다. 송나라 유학자로 성리학을 완성시킨 주희朱熹의『주자어류朱子語類』에 나오는 단어로, 자기 생각은 없이 다른 사람의 뜻에 빌붙어서 부화뇌동하는 태도를 의미한다. 이 단어는 여러 글에 자주 사용되었는데, 양명좌파陽明左派의 대표 주자로 꼽히는 명나라 철학자 이지李贄(호는 탁오卓吾)의 「동심설童心說」에 흥미롭게 이용된 바 있다.

어린아이의 마음은 진실을 볼 수 있는 바탕이다. 공부를 많이 해도 동심을 잃지 않으면 성인이 될 수 있는데, 보통 사람들은 공부를 하면 할수록 지식이 자신의 마음을 가려서 동심을 잃어버린다. 온갖 세속의 욕망이 공부와 함께 마음속으로 들어와 동심을 가리게 된다는 것이다. 왜 그런 일이 벌어지는가. 공부를 하는 목적을 정확하게 알지 못하기 때문이다. 진리를 향해 나아가야 할 공부가 명예나 부와 같은 욕망을 향하고 있으니, 그 공부가 동심을 가릴 수밖에 없다. 보고 들은 경험과 책을 통해 익힌 도리가 동심을 가리게 되면 어떤 견문과 도리를 이야기하더라도 동심에서 우러나온 말이 아니게 된다. 그렇게 되면 말이 아무리 아름답고 문장이 아무리 뛰어나도 그것은 모두 거짓이며, 그 말과 문장을 듣고 읽는 사람 역시 거기에 감동을 받아도 모두 거짓 감동이다.

우리 주변에는 수많은 말들이 떠다닌다. 그 말들은 과연 진실에 토대를 둔 것일까. 거창하게 '진실'을 거론하지 않더라도 최소한 자신의 직접적인 생활 경험이나 독서 경험에서 우러난 것일까. 어쩌면 남들의 경험과 독서를 통해서 간접적으로 습득해 놓고 마치 자신이 직접 한 것처럼 떠들지는 않았는가. 만약 그런 삶을 살았다면 우리는 어느새 키 큰 사람 뒤에 서서 앞사람을 따라 박수를 치고 환호를 하는 키 작은 사람이나 다름없다. 남의 의견에 동조하면서 남의 말을 그대로 되풀이하는 삶은 내 생각은 없이 남의 생각을 마치 나의 것으로 착각하거나 속이는 삶이다.

이렇게 보면 소문 역시 비슷한 구조를 가진다. 떠도는 소문치고 제대로 된 것은 하나도 없다. 직접 경험하지 못한 내용들이 허망한 경계 속에서 홀연 나타났다 사라지곤 한다. 그 사이에서 수많은 사람들이 이리저리 휩쓸리면서 환호하거나 슬퍼한다. 내 마음의 키가 클 수 있도록 공부하는 일이야말로 부박한 말들의 시대를 넘는 유일한 길이 아닐까.

12. 잔꾀와 계책 사이에서

處道不貳

처도불이 : 도에 처하면 다른 길을 돌아보지 않는다는 의미.
-『순자(荀子)』「정명(正名)」

실제 역사에서야 조금 다르겠지만,『삼국지연의三國志演義』를 통해서 그 시대의 인물 이미지를 만들어 온 사람들에게 제갈량과 조조는 상반된 느낌을 준다. 두 사람 모두 천하를 경영하기 위해 뛰어난 지략을 보였는데, 왜 우리는 두 사람을 다르게 받아들이는 것일까. 이유야 많겠지만 단순하게 말하자면 제갈량의 지모는 천하를 위해 사용되었다면 조조의 지모는 개인의 이익을 위해 사용되었기 때문 일 것이다. 그렇게 양분하는 것도 경계가 모호한 것이기는 하지만, 어떤 일을 도모할 때 명분을 따지고 그것의 결과가 어떤 사람들에 게 어떻게 영향을 끼칠 것인지를 계산하는 것은 바로 이 때문일 것 이다. 명분 없는 일을 하다가 천하 사람들의 손가락질을 받게 되고 역사에 더러운 이름을 남기는 것을 누가 좋아하겠는가.

살아가면서 명분을 따지는 일은 굉장히 중요하다. 그것은 모든 계책의 시작이면서 끝이나 다름이 없다. 명분을 내세워서 일을 했지만 그것이 진정한 명분이었는지는 논란의 여지가 많다. 어떤 경우에는 일의 결과가 명분의 정당성을 확보하기도 한다. 역사는 언제나 승자의 것이라는 말도 결국 역사의 승자가 자신의 역사적 명분을 만들어 내서 자신을 합리화하는 방식으로 기술한다는 의미일 것이다. 그렇다면 어떤 상황이나 사건을 당하더라도 자신의 원칙과 사회의 규칙을 지키려는 태도를 가지는 것이 중요하게 된다.

풍채도 좋고 지모도 있는 무인이 있었다. 무과에 급제는 했지만 워낙 시골 출신이라 뒤를 봐주는 사람이 없어서 변변한 벼슬자리 하나 못 얻고 이리저리 떠돌아다니는 신세였다. 어느 날 꿩 한 마리를 구한 그는 당대 최고의 벼슬을 지내던 재상 집 앞으로 가더니, 꿩의 눈에 화살을 꽂은 뒤 담장 너머로 훌쩍 던졌다. 그러고는 대문을 두드리고선 자신이 사냥을 하던 중이었는데 화살 맞은 꿩 한 마리가 마당으로 떨어졌으니 그것을 달라고 요구하였다.

목소리가 쩌렁쩌렁 울리는 사람이었던지라, 대문 밖에서 소리를 지르는 걸 마침 집에서 쉬고 있던 재상이 듣고 그를 불렀다. 그의 요구대로 마당을 찾아보았더니 과연 화살에 맞은 꿩이 있었다. 게다가 정확히 눈을 맞춘 솜씨는 천하 명궁이 따로 없었다. 흥미가 생긴 재상은 그 무인의 집안이나 환경을 물었다. 그러자 무인은, 원래 자신의 가문이 매우 지체 높았는데 근자에 몰락했다는 것, 무과에는 급제했지만 뒤를 봐주는 사람이 없는 탓에 한량으로 돌아다닌다는 것, 집안이 매우 어렵다는 것 등을 아뢰었다. 그가 마음에 들었던지, 재상은 그이더러 자기 집안에서 문객 노릇을 하며 지내보라고 권했다.

몇 달이 지났다. 어느 날 그가 재상에게 아뢰었다.

"선전관宣傳官 자리가 비었다고 하옵니다. 대감께서 병조판서 어르신께 추천장을 써 주시면 그 자리를 얻을 수 있지 않을까 싶사옵니다만……."

재상은 그를 위해 추천서를 써 주었지만, 병조판서는 먼저 청을 받은 사람이 있었기 때문에 다음 차례에 그를 등용하겠다고 답장을 보냈다. 재상에게서 그 일을 들은 무인은 아무 대꾸도 없이 집을 휑하니 나가더니 예전의 꿩 값까지 달라고 요구했다. 너무 황당한 요구에 화가 난 재상은 돈 한 냥을 집어 던져 주면서 다시 병조판서에게 편지를 썼다. 다음 차례에도 그 무인을 등용하지 말라는 내용이었다.

얼마 뒤 그 무인이 재상을 찾아왔다. 그는 선전관으로 등용되어 있었다. 무인은 어찌된 영문인지 어리둥절해하는 재상에게 말했다.

"제가 대감의 은덕을 어찌 잊겠습니까? 사실은 제가 무례한 행동을 일부러 했기 때문에, 내감께서는 저를 등용하지 말라는 답장을 보내시게 되었을 것입니다. 그 답장을 받은 병조판서는, 자기가 대감의 요청을 거절한 것이 오히려 대감의 진노를 일으켰다고 생각하게 되었습니다. 그래서 원래 청을 받았던 사람을 제치고 저를 먼저 등용한 겁니다. 제가 일부러 이런 잔꾀를 내어 대감께 죄를 지었습니다. 부디 넓은 마음으로 용서해 주시옵소서."

그 지모에 감탄한 대감은 그를 심복으로 삼아 항상 주변의 일을 논의하였으며, 그 역시 대감의 후원으로 높은 벼슬에 등용되어 자신의 능력을 펼칠 수 있었다고 한다. 조선 후기에 편찬된 한문 야담집 『교수잡사櫻睡雜史』에 나오는 이야기다.

이 일화의 주인공인 무인은 선전관이 되기 위해 여러 가지 계책을 만들고 그것을 실천에 옮겼다. 그 목적은 자신이 선전관이라는 벼슬을 받는 것이었고, 그 과정에서 대감의 심리를 명확하게 꿰뚫고 예측해서 계책을 세웠다. 게다가 자신이 바라는 방향으로 정확하게 맞아 들어갔다. 무인 스스로가 대감에게 이 계책을 '잔꾀'라고 토설하기는 했지만, 과연 그것이 자신의 이익만을 위한, 명분 없는 짓이었을까. 만약 이 선전관이 훗날 나라와 백성들을 위해 큰 공을 세웠다면 그가 선전관이 되기 위해 대감을 이용했던 사실은 후일을 위한 뛰어난 계책이 될 수 있었을 것이다. 아쉽게도 그 선전관이 어떤 일을 이루었는지 기록으로 남아 있지 않아서 지금으로서는 그저 그의 표현대로 '잔꾀'로 판단할 수밖에 없기는 하다. 그렇다면 이 잔꾀를 어떻게 좋은 계책으로 바꿀 수 있을까.

사람이 살아가다 보면 수많은 계책을 만들고 생활 속에서 실천한다. 돌아보면 내가 살아가는 이 현실은 결코 나 혼자 만들어 내는 것이 아니다. 내가 누리는 수많은 삶의 편리함은 전적으로 다른 사람들의 노고 덕분이다. 내가 잘나서 안락한 삶을 누리는 것이 아니라 많은 사람들의 수고와 노력 덕분에 나의 생활이 구성된다. 말하자면 알게 모르게 많은 사람들이 나를 이런 모습으로 만들어 준 것이다. 얼마나 고마운가. 그런데도 그 고마움을 모른다면, 그가 부리는 계책은 잔꾀에 불과하게 된다.

주변 사람들에게 진정으로 고마워하는 마음이 있어야 비로소 그들을 다른 눈으로 보게 된다. 내 삶의 토대를 만들어 준 사람들이라는 생각을 하면 그들에게 어찌 고마운 마음이 나지 않을 것인가. 그런 마음가짐으로 살아가다 보면 내 행동이 혹시 남에게 폐를 끼치지 않을지, 공적 이익을 위한 명분이 있는지를 따지게 된다.

'처도불이處道不貳'라는 말이 있다. 도에 처하여 다른 길을 돌보지 않는다는 의미로, 『순자荀子』「정명正名」편에 나온다. 심오한 도는 아닐지라도, 자기 마음에 비추어 떳떳한가를 따지고 그런 결과를 가져오게 해 준 주변의 모든 사람들에게 고마워하는 마음을 가지고 있다면 그의 인생에서 잘못되는 일이 얼마나 있겠는가. 그런 맥락에서 볼 때, 남의 은혜를 모르는 꾀는 자신을 해칠 뿐만 아니라 다른 사람과 사회에 해를 끼치기 마련이다. 잔꾀가 횡행하는 요즘, 내 삶의 계책은 잔꾀가 아닌지 돌아보게 된다.

13. 똑바로 걸어가세요

一 條 驀 直

일조맥직 : 하나의 길로만 부지런히 똑바로 가라는 뜻.
-『경덕전등록(景德傳燈錄)』

교통수단의 발달과 함께 건강한 다리로 이동하는 일은 점점 줄어들었다. 불과 이삼십 년 전만 하더라도 어느 정도의 거리를 걸어서 가는 것은 당연한 일이었다. 그러나 어느 사이엔가 자동차나 택시를 이용하게 되었고 점점 걷는 것에서 멀어졌다. 속도가 빨라짐에 따라 우리의 삶도 빨라졌다. 무엇이든 빨리 생산하고 빨리 일처리를 하는 것이 미덕이 되었다. 그렇지만 그 사이에 우리는 많은 것들을 잃어버렸다. 자동차를 세워 두고 그냥 걸어서 마을을 돌아다녀 보면 우리 동네가 얼마나 새롭고 놀라운 것으로 가득한지 새삼 깨닫는다. 작은 편의점부터 꽃집, 세탁소, 옷 수선집, 애견용품점, 단팥빵 만드는 집, 철물점, 테이크아웃을 전문으로 하는 작은 커피

가게 등등, 그 사이를 오가며 웃음을 주고받는 사람들을 보면 우리 동네의 진면목을 다시 발견한다. 이런 가게들과 거기서 살아가는 사람들을 제대로 본 적이 얼마나 될까. 내가 사는 동네의 모습인데도 빠른 속도 속에서 잃어버린 아름다운 것들이 아니었던가. 오직 자본이 가리키는 저 황금탑을 향해 전속력으로 앞만 보며 빠르게 달려갔던 탓에, 창밖으로 지나치는 우리의 이웃들을 그저 배경화면으로만 생각했던 것은 아니었던가.

길은 세상을 이어 주는 핏줄과 같은 존재기도 하지만, 동시에 우리 삶의 지도와 같은 역할을 하기도 한다. '도道' 역시 마찬가지여서 우리가 다니는 길을 의미하기도 하지만 인간이 당연히 가야 할 윤리적 길을 의미하기도 한다. 그 길은 언제나 우리 앞에 핏줄처럼 촘촘히 펼쳐져 있지만 우리는 그 길을 제대로 살펴보질 못했다. 오직 자본의 달콤함이 지시하는 대로 길을 가다 보니 촘촘한 길의 맥락을 잃어버리고 헤매게 되었다. 내가 길을 이용해서 나를 포함한 사회 구성원들 공동의 목표, 공동의 윤리를 향해 가야 하는데, 길이 나를 이용해서 자본의 타락한 삶으로 인도하고 있다. 물론 자본의 속성이 타락인 것은 아니다. 그것을 이용하는 우리의 삶이 추악했으므로 타락한 자본이 되었을 것이다.

지름길에 대한 욕망은 누구에게나 있다. 길을 오래 걷다 보면 목표에 좀 더 빨리 도달하기 위해 지름길을 찾기 마련이다. 가장 빠른 지름길은 누구나 알고 있다. 나의 목표가 설정되면 그 목표와

나 사이를 일직선으로 그은 길이 가장 빠르다는 사실을 모르는 사람은 없다. 그렇지만 그 직선은 언제나 수많은 변수에 의해 꺾인다. 그렇게 길은 작은 갈림길로 나누어지고, 우리는 그 앞에서 선택을 하면서 인생을 만들어 간다. 그 변수 때문에 삶은 힘들어지기도 하고 즐거워지기도 한다. 희로애락의 길목에서 번민과 선택을 하다가 어느새 목표를 향한 직선은 온데간데없이 사라지고 눈앞에 닥친 고비를 넘는데 급급해서 허덕거린다. 삶의 황혼녘이 돼서야 비로소 돌아온 인생길을 살펴보지만, 이미 세월은 자신을 너무도 멀리까지 밀어 놓았다.

『경덕전등록景德傳燈錄』에 보면 이런 이야기가 나온다. 어떤 스님이 길을 가다가 우연히 만난 어떤 할머니에게 물었다. "지름길로 가려면 어떻게 가야 합니까?" 그러자 그 할머니가 대답했다. "똑바로만 걸어가세요." 순간 그 스님은 깨쳤다고 한다. '일조맥직一條驀直'이라는 말이 여기서 나왔다. 하나의 길로만 부지런히 똑바로 가라는 뜻이다. 좌고우면左顧右眄하지 않고 자신의 목표만을 바라보면서 하나의 길로만 매진하는 것, 그것이야말로 일조맥직의 자세. 이 말은 명나라의 위대한 유학자 왕부지王夫之의 『독사서대전설讀四書大全說』에서 그 용례가 나온다. 왕부지는 자신의 목표가 가까운 곳에 있든 먼 곳에 있든, 돌아가는 길을 선택하지 말고 오직 자기 앞에 놓여 있는 똑바른 길 하나만을 바라보고 걸어야 한다고 했다.

여기서 우리가 또 생각해야 할 것이 있다. 지름길만을 찾아서 오직 그 길을 열심히 걸어간다고 해서 '일조맥직'의 태도라고 할 수 없다는 점이다. 근대 이후의 자본이 우리 앞에 쌓아 놓은 거대한 황금탑으로 향하는 길만을 보고 걸어간다든지, 권력이 유혹하는 왕좌를 향해서 다른 사람을 돌아보지 않고 걸어가는 것, 그것을 어찌 일조맥직의 정신이라고 하겠는가. 하나의 길을 평생토록 걸어가기 위해서는 걷는 사람의 깊은 내공이 선결되어야 한다.

하나의 길만을 보고 걸어가라는 충고는 참으로 조심스럽다. 그것은 두 개의 얼굴을 가지고 있어서, 어떤 사람이 받아들이는가에 따라 전혀 다른 의미를 가진다. 폭력적인 길의 의미를 가지기도 하고 강직한 내면세계를 표현하는 의미를 가지기도 하기 때문이다. 강직한 사람이 어떤 맥락에서는 자신의 뜻을 관철시키기 위해 폭력적인 태도를 취하는 경우를 연상하면 얼추 맞을 것이다. 그러나 이 둘 사이에는 명확한 차이가 존재한다. 폭력적인 방식의 길은 대체로 길을 걸어가는 사람 개인의 욕망과 이익을 위해 배치되어 있다. 내 생각만이 옳고 내 행동만이 의로우니 다른 사람은 오직 자신이 가는 길만을 따라오면 된다는 식이다. 강직한 내면세계를 드러내는 길은 이와 전혀 다르다. 그 길은 개인의 욕망과 이익만을 위해 존재하는 것이 아니라 그 길을 걸음으로써 사회 구성원 전체의 이익을 위해 배치되어 있다. 어느 쪽에 중점을 두어 길의 의미를 해석하느냐에 따라 이렇게 두 개의 얼굴을 보이는 것이 지름길이다.

똑같은 지름길인데도 전혀 다른 의미로 해석되는 것은 무엇 때문일까. 그것은 길을 걸어가는 사람 자신의 수행과 관련이 있다. 공부가 깊어질수록 우리는 나 개인의 문제를 넘어서 가족의 문제, 지역 사회의 문제, 국가의 문제, 세계의 문제, 우주의 문제로 점점 의식이 확대되어 가는 것을 경험한다. 우리의 공부가 오직 자신만의 이익을 위해 행해지는 것이라면 그것을 어찌 공부라고 할 수 있을까. 제대로 된 공부를 차근차근 쌓아 나가는 동안 우리는 세상의 복잡한 길이 만드는 표면적인 지도를 넘어서 목표를 향한 가장 빠른 하나의 길을 볼 수 있는 눈을 가지게 된다.

어느 시대나 한 집단의 지도자는 자신을 바라보는 수많은 사람들을 위해 오직 하나의 길을 우직하게 걸어가려 한다. 그렇게 걷는 자신의 발자국이 구성원들의 공동선이 된다는 사실을 알기 때문이다. 깊은 공부에서 우러나오는 명철한 눈이 지도자에게는 필수적으로 요구된다. 자칫 그가 걷는 길은 공동선을 빙자한 개인의 욕망을 성취하는 것이 되기 쉽다. 학급 반장이 걷는 하나의 길에도, 대통령이 걷는 하나의 길에도 그 지위만큼의 무게가 부여된다. 수시로 주변 사람들의 이야기를 듣고, 함께 혹은 뒤를 따라 걷는 구성원들의 이야기에 귀를 기울이고, 자기 수양을 위한 공부를 꾸준히 할 때 비로소 '일로맥직'의 삶을 구현할 수 있을 것이다.

14. 잘못에도 등급이 있다

觀 過 知 仁

관과지인 : 개인이 저지른 잘못의 성향을 보면 그의 사람됨을 알 수 있다는 뜻.
-「논어(論語)」「이인(里仁)」

중학교 동창회를 한다는 소식을 접할 때마다 나는 딱히 깊은 관심을 가지지 않았다. 먹고살기 바쁜 탓도 있지만 중학교 동창회가 주는 인상이 그리 높지 않았기 때문이기도 했다. 모임이란 언제나 거기서 만나는 사람들과 나 사이의 적당한 긴장감과 깊은 친밀도, 유익한 정보의 활발한 교류 등이 있어야 한다고 믿었던 나의 오만 혹은 착각이 더 큰 이유기도 했을 것이다. 그런 기준으로 보면 중학교 동창회는 내가 그리 큰 관심을 가질 만한 모임이 아니었던 셈이다. 그러다가 내가 다시 중학교 동창회에 관심을 가지게 된 것은 아주 사소한 기억 덕분이다. 한번은 동창들이 모여서 예전의 담임 선생님을 모시고 식사를 하게 되었다. 당연히 나에게도 연락이 왔고 거기에 참석했다. 마침 그날 시간이 맞았던 데다 학교를 졸업하고 오랜 시간이 지나도록 담임 선생님을 한 번도 뵙지 못해서 인사라도 드릴 마음이었던 것이다. 예상대로 청년 시절의 선생님은 이미 교장 선생님으로 근무하시다가 얼마 전에 퇴직을 하셨다고 했다.

그 선생님과는 다른 친구들이 모르는 일화가 참 많았다. 선생님과 지낸 지 두세 달쯤 지난 5월 말경이었다. 하루 일과를 마치고 집으로 가기 위해 종례를 하시려고 선생님께서 들어오셨는데, 그날은 뭔가 심각한 표정이셨다. 평소와는 다른 모습이었으니 학생들 역시 조용한 분위기 속에서 무슨 말씀을 하시려는지 기다리고 있었다. 침묵의 시간을 견디면서 고개를 숙이고 가만히 앉아 있는데, 파리 한 마리가 날아오더니 내 책상머리에 앉았다. 고개를 숙인 채 입김을 그쪽으로 슬며시 부니 파리가 다른 곳으로 날아갔다. 그러나 조금 뒤 다시 파리가 와서 앉았고, 나는 또 입김으로 불어서 파리를 다른 곳으로 날려 보냈다. 그렇게 하기를 서너 차례, 급기야 나는 손으로 파리를 탁 쳤다. 당연히 파리는 날아가고 내가 책상을 치는 소리만 교실에 크게 울려 퍼졌다. 순간 내 몸은 뻣뻣하게 굳었다. 선생님을 포함해서 모든 사람들의 눈길이 나를 향했다. 얼굴이 빨개져서 어쩔 줄 모르는 나에게 선생님께서 앞으로 나오라고 손짓하셨다. 쭈뼛거리며 앞으로 나갔더니 왜 책상을 쳤느냐면서, 혹시 종례 시간에 선생님의 말씀이 마음에 들지 않았느냐고 물으셨다. 파리와 장난을 치느라고 집중을 하지 않았기 때문에 무슨 말씀을 하고 계셨는지 나로서는 알 도리가 없었다. 그러나 선생님 입장에서는 충분히 오해를 하실 만한 상황이기는 했다. 평소 같으면 선생님의 호된 꾸지람과 함께 매질이 뒤따라야 했다. 나는 더듬거리면서 사실은 책상머리에 앉아 있는 파리를 쫓아내려다가 실수로 책상을 쳤다고 말씀드렸다. 그러면서도 이 말씀을 선생님께서 믿어 주실지 걱정이 되었다.

내 이야기에 선생님께서 멈칫하신다는 느낌이 들었다. 선생님께서는 앞으로 조심하라는 짤막한 주의와 함께 들어가라고 하셨다. 그러고는 이렇게 덧붙이셨다. "자네가 그렇게 이야기했다면 그 말이 맞겠지." 손이 축축해질 정도로 긴장해 있던 나는 선생님의 말씀에 왈칵 눈물이 날 뻔했다. 내 이야기의 진실 여부를 따지지 않고 온전히 믿어 주시는 그 말씀에 감동한 것이다. 작은 사건이었지만 그 일이 오랫동안 내 마음에 남아 있는 이유는 바로 믿음 때문이었다. 오랜 세월이 흘러 희끗한 머리로 만났을 때 나는 그 일을 선생님께 말씀드렸다. 당연히 선생님은 기억을 못하셨다. 그런 일이 있었던가 하시면서 웃으실 뿐이었다.

중학생 때 있었던 일을 이렇게 장황하게 이야기하는 이유는 이 일을 계기로 사람과 사람 사이의 관계를 만들어 나갈 때 신의가 얼마나 중요한지를 깨닫게 되었기 때문이다. 훗날 『논어論語』에서 '사람이 저지르는 잘못은 그 무리에 따라 제각각이다. 그 잘못을 보면 그 인仁을 안다人之過也, 各於其黨, 觀過, 斯知仁矣'는 구절을 읽으면서 나는 옛날 담임 선생님께서 보여 주셨던 믿음을 다시 한 번 생각하게 되었다. 믿음이란 그 사람의 행위 전체가 가지는 맥락 위에서 형성된다. 한 번도 거짓말을 하지 않았던 사람이라면 그의 삶이 진실에 의해 구성되었음을 믿는다. 아무리 진실을 이야기해도 평소 그 사람의 언행에 거짓이 많았다면 사람들은 고개를 갸웃거리면서 진심으로 믿지 않을 것이다.

그런데 우리가 잘 모르는 사람을 판단할 때는 어떻게 할까. 가장 좋은 방법은 그의 인생 여정을 잘 살펴보는 일일 것이다. 어떤 일을 해 왔는지, 어려움이 닥쳤을 때 어떻게 처신했는지, 어떤 공부를 했으며, 주변 사람들에게 신망을 얻고 있는지, 다양하게 살펴보노라면 그의 모습이 어렴풋하게나마 드러날 것이다. 그런 맥락으로 보면 위에서 말한 『논어』의 발언은 삶의 지침으로 삼기에 좋은 말이다. 소인이든 군자든 인간이라면 언제나 잘못을 저지를 개연성을 가지고 살아간다. 군자라고 해서 완벽한 인간이 아닌 한에야 잘못이 어찌 없겠는가. 다만 공자는 그들 각각이 저지르는 잘못의 성격이 다르다고 말한다. 소인이 저지를 만한 성질의 잘못이 있고 군자가 저지를 만한 잘못이 있다는 뜻이다.

매번 청문회를 보면 참 답답하고 한심하다 못해 기가 막히는 일들이 많다. 청문회란 기본적으로 고위 공직자를 임명할 때 과연 해당 후보자가 그 일을 수행할 능력이 있는지를 본다. 후보자가 했던 과거 여러 행적들을 들추어내서 시비를 따지는 것은 그냥 흠집을 내기 위한 것이 아니라 그가 상식적인 선에서 살아왔는지를 판단해 보자는 의도일 것이다. 상식적인 선에서 삶을 꾸려 온 사람이라면 그가 어떤 일을 맡더라도 상식적인 선에서 정책을 결정하고 판단할 것이라는 믿음을 가질 수 있다. 그런데 많은 사람들이 청문회를 보며 혀를 끌끌 차는 것은 그들이 저지른 잘못의 종류 때문일 것이다. 물욕 때문에 아파트나 땅을 불법으로 매매하고, 자신의 영달을 위해 병역을 기피하고, 부당한 압력을 넣어서 국세를 낭비하거나 부당 이득을 취하고, 자식들을 위해 불법으로 재산을 증여하는 등의 모습을 보면, 저런 식으로 천박한 잘못을 저지르며 살아온 사람들이 과연 얼마나 국가와 국민, 민족을 위해 공직을 수행할 수 있을지 심히 걱정스럽다.

'관과지인觀過知仁'이라는 말처럼 그가 저지른 잘못을 보면서 그의 인격을 가늠해 보는 국민들의 눈은 예리하기 그지없다. 수많은 사람들의 눈을 어찌 속일 것인가. 그런 짓을 하던 사람들이 어떻게 국민들의 믿음을 얻을 수 있을 것인가. 개인적 욕망으로 가득한 비리 목록을 앞에 두고 한숨을 쉬게 하는 청문회가 정치에 대한 국민들의 믿음을 앗아 가는 한 요인이라는 것을 알기나 하는 것일까.

3부.

하찮은 돌도
옥같이 여겨라

1. 폭력과 진정한 용기를 구분하라

폭호빙하 : 맨손으로 호랑이를 잡고 걸어서 황하를 건너다. 자신의 힘과 용기를 과신한 나머지 무모하게 위험한 짓을 하는 것을 말함.

-「논어(論語)」「술이(述而)」편

사회 곳곳에 폭력이 난무한다면서 많은 사람들이 걱정한다. 사실 폭력 문제는 어제오늘의 일이 아니다. 일진회니 조폭이니 하는 것들이 각종 매체를 통해서 자주 언급되곤 한다. 사회의 부정함을 폭로하고 그 문제에 대해 함께 걱정해 보자는 취지에서 기회가 있을 때마다 사람들은 폭력성의 심각함을 이야기한다. 그러나 어찌된 영문인지 청소년들 사이에서 일어나는 폭력은 미화되기 일쑤다. 영상 매체에서 다루어지는 폭력 조직이나 싸움 장면이 아름다운 화면으로 포장되는 바람에, 그 이면의 본질을 꿰뚫는 힘이 부족한 청소년들에게는 오히려 역효과를 발생시킨 것이다. 물론 모든 청소년들이 그렇게 된 것은 아니지만, 적어도 폭력의 일상화를 심각하게 반성해 볼 지경까지는 이른 게 아닌가 싶다. 문제가 어디에 있을까. 보는 사람에 따라 그 진단은 다양하게 나타나겠지만, 아마도 진정한 용기와 힘이 무엇일까에 대한 깊은 생각이 부족한 것도 그 원인 가운데 하나일 것이다.

조선 후기의 문인 이옥李鈺은 「장복선전張福先傳」이라는 단편을 통해 장복선이라는 사람을 협객의 전형으로 소개한다. 장복선은 무술에 뛰어난 인물이 아니다. 어려운 사람을 돕느라 공금 횡령의 혐의를 쓰게 되었지만 자신을 위해 변명하지 않고 형장으로 끌려간다. 그가 처형당하려는 순간, 그의 은혜를 입은 사람들이 몸에 지니고 있던 패물과 돈을 던져 주자 삽시간에 부족한 공금을 메꾸었다고 한다. 공금 횡령이라는 잘못을 저질렀지만, 어려운 백성들을 위해 공금을 사용했으니 사욕을 위해 횡령한 것은 아니다. 자신의 잘못을 인정하고 형장에 당당히 걸어 나갔으니, 그러한 풍모야말로 진정한 용기를 지닌 협객의 자세가 아니겠는가.

힘이 있다고 맨손으로 호랑이를 때려잡고 황하를 걸어서 건너는 것은 오히려 자기 과시의 성격이 짙다. 내가 하는 일이 비록 옳다고 생각되어도, 많은 토론과 사회의 검증을 거쳐서 진정한 용기와 힘으로 전환시키는 일이 중요하다. 내게 주어진 힘만 믿고 다른 사람을 자신이 원하는 길로 잡아끄는 것은 '깡패의 논리'다. 진정한 지도자는 내 힘이 깡패의 논리에 지배되는 것은 아닌가, 하고 항상 되돌아보아야 한다.

2. 선입견을 버려야 진정한 선생이다

渾金璞玉

혼금박옥 : 정련되지 않은 금과 다듬어지지 않은 옥돌. 즉, 자질은 훌륭하지만 그것을 발휘할 기회를 얻지 못한 사람을 지칭하는 말.

-『세설신어(世說新語)』「상예(賞譽)」

세월이 갈수록 점심을 혼자 먹는 일이 부담스러워진다. 그리 크게 나이 먹은 것도 아닌데, 요즘 들어 부쩍 그런 생각이 든다. 이런저런 상념에 땅만 보며 식당 계단을 올라가는데, 누군가가 알은체를 한다. 기억이 아련하다. 그이가 자기 이름을 댔을 때 비로소 오래전에 가르쳤던 제자라는 게 떠올랐다. 반가운 마음에 요즘은 어찌 지내느냐고 물었더니, 대학을 졸업한 뒤 어떤 기업의 홍보팀에 들어가서 잘 지내고 있다는 것이다. 취직해서 잘 지낸다는 제자를 만나면 그렇게 반가울 수가 없다.

그와 헤어져서 혼사 짐심을 먹으며 생각해 보니 참 기묘하게 맺어진 인연이었다. 대학을 졸업한 뒤 나는 강원도의 한 고등학교에서 국어 교사 생활을 잠시 했다. 그이는 당시 내가 담임을 맡은 반의 학생이었다. 막 고등학교를 들어온 1학년과 막 발령을 받은 초임 교사 신분으로 우리는 만났다. 그이는 눈에 뜨는 학생은 아니었다. 그런데 하루는 경찰서에서 연락이 왔다. 폭력 사건이 벌어졌는데, 그중 한 학생이 나의 담임 반이라는 것이다. 놀란 마음에 얼른 뛰어갔다. 친구 생일 파티를 하다가 다른 학생들과 시비가 붙어서 패싸움을 벌인 모양이었다. 이튿날 이 사건 때문에 퇴학이냐 전학이냐를 놓고 논란이 벌어졌을 때 나는 담임이 잘 알아서 지도해 보겠노라는 주장했다. 그 뒤로 그이는 아주 조용하게 한 해를 잘 지냈다. 나 또한 교직을 그만두는 바람에 그의 뒷일을 기억하지 못했다. 바로 그 학생을 오랜 세월이 흘러서 다시 만난 것이다.

내가 그때 학생이었던 그를 적극 옹호했던 것은 그이의 기본적인 자질이 훌륭하다는 걸 눈치채서가 아니었다. 젊은 선생으로서 자기 담임 반 학생을 지도해야겠다는 마음 하나로 그랬던 것이다. 그러나 지금 이렇게 만나고 보니, '선생'이라면 학생의 현 실태만을 보고 평가해서는 안 된다는 생각이 든다. 그의 숨겨진 재능을 보고 미래를 열어 주어야 최고의 선생이 될 수 있다.

학생들의 머리 색깔이나 귀고리 개수에 따라 눈살을 찌푸리는 나는 정말 선생 노릇을 잘하고 있는 것일까 하는 의문이 드는 요즘이다.

3. 하찮은 돌이 옥을 만든다

攻玉以石

공옥이석 : 옥을 가공할 때에는 돌을 사용하기 마련이라는 말이다. 즉, 숫돌 역할을 할 수 있는 돌을 이용해서 옥을 아름답게 다듬는 것을 일컫는다. 이는 아름다운 것을 만들어 내기 위해서는 천하게 여기는 것의 도움이 반드시 있어야 한다는 뜻이다.

-『시경(詩經)』「소아(小雅)」학명(鶴鳴)

초등학교 시절, 하굣길에 유난히 걸인들을 자주 만났다. 개울을 건너 논을 지나 보리밭이 펼쳐진 길을 걸어오다 보면 길가에 걸인들이 두셋씩 무리 지어 서 있었다. 그때마다 어린 마음에 무섬증이 들어 부리나케 집으로 뛰어가곤 했다. 오후의 햇살이 한풀 꺾이고 그들이 우리 집 문간 부근에 저만치 서성거릴 때면 할머니는 언제나 바가지에 먹을 것을 담아서 그들에게 주었다. 가난한 살림살이라 대단한 걸 준 것은 아니었다. 감자나 옥수수 찐 것을 주거나, 드물게 꽁보리밥 남은 대궁을 담아서 주었다. 그들이 무섭다고 하자 할머니는 언제나 빙긋이 웃으며 말씀하셨다. "저 사람들이 남의 음식을 얻어먹고 살긴 하지만 세상살이에서 다 제가끔 몫이 있는 법이다."

지금도 그 말씀의 진의를 정확히 설명할 수는 없지만, 적어도 그들 역시 세상을 만드는 하나의 생명으로 존중받아 마땅하며 그들 덕분에 새롭고 풍요로운 마음을 가꾸어 나가는 사람이 분명 있으리라는 생각이 든다.

사람들은 세상을 살아가면서 자신이 성취하는 모든 것을 전적으로 자기 능력에서 비롯하는 것이라고 생각하는 버릇이 있다. 그렇지만 곰곰이 생각해 보면 부모님을 포함한 가족들의 도움과 희생, 사회 구성원들의 노력 덕분에 자신의 성취가 있는 것이다. 내가 하찮게 여기던 사람들이 뜻밖에 나도 모르는 사이에 내 삶을 고양시켜 주는 좋은 벗이 되는 경우를 얼마나 많이 보았던가.

공옥이석攻玉以石이라고 했다. 돌을 가지고 옥을 다듬는다는 뜻이다. 원래『시경詩經』에 나오는 구절을『후한서後漢書』등 여러 곳에서 인용하여 유명해진 이 말은, 아름답고 고귀한 것의 탄생은 언제나 보잘것없고 천한 사물 덕분이라는 의미다. 금이 금빛을 내기 위해서는 소금물로 담금질을 잘해야 하고, 옥이 옥으로서의 고운 빛을 내기 위해서는 돌로 잘 갈아내야 한다. 소금물이나 돌은 주변에서 흔하게 구할 수 있는 것들이지만, 이들이 없다면 금과 옥 같은 보석을 어떻게 만들어 낼 수 있겠는가.

사람은 누구나 마음속에 보석의 원석을 품고 살아간다. 어떤 사람은 원석을 그저 하찮은 돌로 여기면서 평생을 살아가지만 다른 사람은 원석을 곱게 갈아 자기만의 빛을 발하는 보석으로 만든다. 내가 주변 사람들과 어떤 관계를 만드는가에 따라 내 마음속의 원석이 그냥 돌로 남기도 하고 옥으로 빛나기도 한다. 못난 사람이라 치부하던 이들이 내 마음의 벼루가 된다. 아울러 나 역시 다른 사람의 원석을 잘 갈아 주는 돌로서의 역할을 잘하고 있는지 돌아볼 일이다. 우리는 서로에게 돌이 되어 온 세상이 보석으로 가득하도록 만드는 존재인 셈이다.

4. 거대한 자연이 차리는 밥상의 위대함

朝 | 虀 | 暮 | 鹽

조제모염 : 아침에는 채소 절인 것, 저녁에는 소금만을 반찬으로 삼아 식사를
한다는 말. 가난한 살림살이를 지칭함.　　　　　-한유(韓愈) 「송궁문(送窮文)」

밥상머리에서 밥을 먹다가 음식을 흘리기라도 할 때면 부모님께서
는 언제나 그것을 주워 먹도록 하셨다. 더럽다는 생각보다는 음식
을 아껴야 한다는 생각이 먼저였기 때문이리라. 너나없이 모두가
어려웠던 시절, 우리는 밥알 한 톨의 소중함을 그렇게 식사 자리에
서 배웠다. 깨끗한 밥상에 떨어진 음식조차 버리라고 가르치는 부
모들이 많아진 것을 보면 지금 우리는 이전에 비해 풍요로운 시절
을 누리고 있음을 느낀다. 음식의 소중함보다는 위생의 소중함이
먼저가 된 시대가 아닌가 싶기도 하다. 쌀 한 톨 배춧잎 한 장을 아
껴 가며 수행에 전념했던 옛 선사들의 일화를 들지 않더라도, 어른
들은 언제나 당신들의 말씀과 행동을 통해서 음식이 얼마나 소중

한가를 가르쳐 주셨던 것이다. 그 이면에는 아마도 곡식을 재배하는 농민들의 노력을 잊지 않도록 하고, 나아가 노동의 중요함을 깨우치려는 뜻이 담겨 있지 않았을까.

진晉나라 시절 은중감殷仲堪이라는 관리가 있었다. 그가 형주자사荊州刺史로 있을 때 물난리를 겪게 되었다. 백성들이 어려움에 처하자 그는 항상 하루에 다섯 공기의 밥 이외에는 아무것도 먹지 않았다. 밥상에는 어떤 반찬도 놓지 않았다. 게다가 밥을 먹는 도중 밥알을 흘리기라도 하면 즉시 주워 먹었다. 그의 직책 때문에 솔선수범하려는 의도도 있었겠지만 그의 성품이 원래 검소한 탓이기도 했다. 그는 자제들에게 언제나 이렇게 당부하곤 했다. "내가 지금 형주를 다스리는 자사 벼슬을 한다고 해서 옛날에 마음먹었던 뜻이 이루어졌다고 하지 마라. 지금 나의 처지는 여전히 쉽지 않다. 그렇지만 가난이라는 것은 선비들에게는 늘 있는 일이라 했으니, 나뭇가지에 오르려고 어찌 그 밑동을 버릴 수 있겠느냐. 너희들은 이것을 마음에 늘 두도록 해라."

『세설신어世說新語』에서 이 부분을 처음 읽었을 때, 나는 어린 시절 살림살이가 떠오르곤 했다. 긴 겨울밤에는 고구마나 무를 깎아 먹거나 말린 감 껍질을 간식으로 먹었다. 봄기운이 들판을 덮으면 달래와 냉이를 캐러 다녔다. 그 향긋한 느낌은 봄의 냄새이기도 했지만 한 끼 식사를 돕는 훌륭한 반찬이기도 했다. 그렇게 자란 우리들에게 위생보다는 음식의 소중함이 먼저였다.

가난을 나타내는 한자성어는 꽤 많다. 그중에도 조제모염朝虀暮鹽이라는 단어는 가난한 살림살이를 생생하게 보여 준다. 아침에는 채소 절인 것, 저녁에는 소금만을 반찬으로 삼아 식사를 한다는 말이다. 가난한 사람의 삶을 표현하는 이 단어는, 중국의 문인 한유韓愈가 '가난을 전송하는 글(「송궁문送窮文」)에서 쓴 한자 성어다. '제虀'는 채소를 버무려 절인 것을 말하는 글자인데, '냉이'를 뜻하는 '제薺'를 대신 쓰기도 한다. 아침에는 냉이, 저녁에는 소금을 반찬으로 식사를 한다는 뜻이 된다. 어느 글자를 쓰든 가난한 살림살이의 전경이 눈앞에 선하다. 작고 낡은 상 위에 놓인 것이라고는 달랑 채소 절인 것이나 소금뿐이니, 그런 식사가 목구멍으로 쉽게 넘어갈 리 만무다.

그렇지만 주어진 음식을 고맙게 대하는 마음가짐은 소중하다. 위생을 중요하게 여기는 만큼 음식의 소중함을 아는 일 또한 중요하다. 우리의 살림살이가 좋아졌다고는 하지만 그것이 음식을 함부로 대해도 된다는 뜻은 아니다. 천지자연의 순환 과정에서 얻는 약간의 결실을 인간이 얻어서 연명한다는 생각을 하면, 음식이야말로 인간이 천지와 소통하는 소중한 계기이며 동시에 자연이 우리에게 베푸는 고마운 선물이다.

단순히 몇 톨의 밥알이 아까워서라기보다는 그 밥알이 만들어지기까지 온 우주가 조화로운 기운을 거기에 응축시켰다는 사실을 깨닫는 일이 더 중요한 것은 아닐까. 가난한 식탁일망정 거기에 오른 음식은 자연이 내게 만들어 준 선물이다. 그 정도 정성 어린 선물이면 한 끼 식사로 넉넉하다. 예전보다 훨씬 풍요로운 삶을 살게 되면서 오히려 다른 존재에 대한 배려가 부족해지는 것을 느낄 때가 있다. 오늘 식탁에 올라온 음식을 보면서, 얼마나 많은 인연이 이렇게 내 삶을 만들어 주는가를 생각해 볼 일이다. 가난한 식탁도 자연의 조화로 만들어진 것 아니겠는가.

5. 때에 맞는 비가 생명을 꽃피운다

시우지화 : 때에 맞추어 내리는 비라는 뜻으로, 무엇인가를 가르칠 때에는 상
대방을 속속들이 파악하여 당사자에게 맞추어야 한다는 의미.

－「맹자(孟子)」「진심 상(盡心 上)」

유난히 화분 관리를 하지 못하는 내게, 분재 선물은 정말 곤혹스럽
다. 선물로 화분을 받으면 제대로 길러서 꽃을 피워 본 적이 거의
없기 때문이다. 그렇더라도 방에서 길러 보고 싶은 초목이 없는 것
은 아니다. 매화나 대나무, 작은 소나무, 회양목 등속을 곱게 길러
서 감상하고 싶은 마음이 굴뚝같다.

이런 소망을 주변 사람들에게 이야기했더니, 어느 해인가 아는
분이 매화를 선물해 주었다. 굵은 몸통에 작은 가지 몇 개를 달고
있는 매화를 받으면서 괜스레 다정하고 어여쁘게 느껴졌다. 그전
에 선물로 받은 난초 화분은 제대로 기르지 못해서 거의 말라 죽을
지경이었다. 결국 난초에게 못할 짓이다 싶어서 난초를 많이 기르

는 분에게 모두 건네주고 말았던 터였다. 그런 전력 때문에 조금은 쭈뼛거려졌지만, 그래도 매화는 너무 길러 보고 싶었던 것이어서 덥석 받았다.

방에 들어오면 매화분의 상태부터 살펴볼 정도로 애정을 기울였지만, 선물로 받은 지 한 달쯤 되자 이상하게 잎이 말라 떨어졌다. 물도 정기적으로 잘 주고 수시로 나무 상태도 살폈고 심지어 영양제도 사다가 꽂아 주었는데도 도저히 원인을 알 수가 없었다. 몇 달이 지나자 매화는 내 방에서 꽃도 피워 보지 못한 채 거의 말라 비틀어졌다. 어떻게 할까 생각하던 끝에 화분 안의 매화를 꺼내서 마당 한 켠에 묻었다. 최후의 수단이었던 셈이다.

그 일을 거의 잊어버릴 즈음, 우연히 마당 주변을 살피다가 낯선 나무 하나가 무성하게 잎을 피운 걸 보았다. 바로 그 매화였다. 내 방에서는 죽음 직전까지 갔던 매화가 신기하게도 몇 달 만에 다시 소생하여 무성한 잎을 드리우고 있었다. 아무리 애정을 쏟아도 인간의 애정이란 인위적인 것이어서, 우주의 자연스러운 운행과 무심한 기운을 결코 따라갈 수 없었던 것이다. 때맞추어 화분에 물을 주었지만, 하늘에서 내리는 비의 힘과 어찌 비교할 수 있겠는가. 천지는 언제 매화에게 기운과 비를 내려야 하는지 정확히 알고 있었다.

시우지화(時雨之化)라는 말이 있다. 때에 맞추어 비가 내리면 온갖 초목들이 자신의 생명력을 한껏 발휘할 수 있듯이, 무엇인가를 가르칠 때에는 상대방의 삶을 속속들이 파악하여 거기에 딱 맞는 것을 주어야 한다는 뜻이다. 『맹자孟子』에 나오는 말이다. 정치도 때에 맞추어 시행되어야 하고, 교육도 때에 맞추어 이루어져야 한다.

　겨우내 얼어 있던 생명들이 봄날 비를 맞아 생명의 고동을 울린다. 그 비야말로 때에 맞는 비다. 우리 삶도 그렇게 때에 맞게 흘러가면 좋겠다.

6. 한 끼 식사에 담긴 소박한 즐거움

菽水之歡

숙수지환 : 콩을 먹고 물을 마시더라도 즐거움을 다한다는 뜻으로, 효도는 경제적 부유함과 관계없이 즐거운 마음으로 해야 한다는 의미.　　－『예기(禮記)』

밤늦도록 할머니가 돌아오시지 않으면 나는 언제나 동구 밖까지 나가서 기다리곤 했다. 몇 가구 안 되는 마을이었으므로, 동네를 벗어나면 약간의 논이 펼쳐져 있었고 그 너머로 검은 산 그림자가 어둠과 함께 밤 그늘을 만들고 있었다. 마을의 안온함과 마을 밖의 불안함 사이에서 나는 언제나 할머니를 기다리곤 했다. 산나물을 뜯거나 땔감을 하러 가셨을 할머니는 자주 늦으셨다. 어둠을 바라보는 불안한 시선 저편으로 희미한 달빛을 받으며 할머니 그림자가 어른거리면 나는 크게 할머니를 불렀다.

　짐을 부려 놓자마자 할머니는 저녁을 차리셨다. 할머니의 손길이 닿기만 하면 어느새 저녁상이 준비되었다. 찬거리가 다채롭지 못한 처지라 준비할 것이 많지 않은 탓이었는지도 모르겠다. 할머니의 귀가와 함께 평화로워진 내 마음 탓에 모든 것이 편안하게 보였다. 어찌 되었든 할머니와 함께 저녁을 먹는 시간은 언제나 아름답고 풍족했다. 지금 생각하면 밥과 된장찌개, 김치 한 쪽 정도였을 밥상이 그렇게 깊은 평화를 만들어 낼 수 있다는 것은 참 불가사의한 일이다.

내가 자라서 월급을 받게 되었을 때, 나는 다달이 할머니에게 용돈을 드렸다. 외지에 나가서 직장 생활을 하는 손자가 애처로웠는지, 할머니는 언제나 돈 받기를 주저하셨다. 한번은 할머니께 옷을 사 입으시라고 용돈을 드렸는데, 몇 달이 지나도 할머니의 허름한 옷은 바뀌지 않았다. 돈을 다른 데 쓰셨는가 싶어서 조금은 섭섭했지만 이내 잊어버렸다. 나는 여전히 도시 생활로 바빴고, 한 달에 한 번 집에 다니러 가는 일도 벅차게 되었다. 토요일 밤을 집에서 지내고 일요일에 다시 도시로 돌아갈 때면 할머니는 언제나 애처로운 눈빛으로 하염없이 나를 바라보곤 하셨다. 할머니가 세상을 떠나시고 난 뒤, 할머니의 짐을 정리하다가 한 뭉치의 돈을 발견했다. 부모님은 그 돈의 출처를 의아하게 여기셨지만 나는 단박에 알아차렸다. 내가 드린 용돈을 고스란히 모아서 보관하고 계셨던 것이다.

할머니께서 원했던 건 어쩌면 용돈보다는, 소박할망정 손자와의 식사 한 끼였을지도 모른다. 그러나 도란도란 이야기를 나누며 즐기는 한 끼 식사의 풍요로움을 알아차리기에는 내 나이가 너무 어렸고 철이 없었다.

숙수지환飯水之歡이라는 말이 있다. "콩을 먹고 물을 마시더라도 즐거움을 다하는 것, 그것을 효孝라고 한다(『예기禮記』)"는 공자의 말에서 유래하였다. 효도란 경제적 부유함에서 오지 않는다는 것을 새삼 느낀다.

7. 세월이 흘러서야 알게 된 부족함

望洋之嘆

망양지탄 : 큰 바다를 바라보며 탄식한다는 뜻으로, 크고 훌륭한 것을 보면서 자신의 능력이 부족함을 한탄한다는 의미.　　　　　　-『장자(莊子)』「추수(秋水)」

전기도 들어오지 않는 시골에서 기차와 버스를 번갈아 타면서 경주로 수학여행을 간 것은 우리가 중학교 2학년 때다. 둘째 날 새벽, 선생님의 고함 소리에 잠에서 깼다. 우리는 세수도 하지 못한 채 얼떨결에 밖으로 나섰다.

　얼마나 올랐을까, 어느 순간 꽤 넓은 공터가 나왔고 산 아래쪽으로 작은 절이 보였다. 우리는 숨을 돌리면서 주변을 두리번거렸다. 그제야 동쪽은 희미한 빛을 흘리고 있었다. 갑자기 모이라고 하는 담임 선생님의 소리가 들렸다. 무슨 일인가 싶어서 선생님을 바라보았더니, 갑자기 선생님은 감격에 겨운 목소리로 장엄한 해돋이를 보라는 것이었다. 나이가 들어서 그 광경을 보았더라면 분명 감격했을 터이지만, 우리는 당시 열다섯밖에 안 되는 시골 촌놈이 아니었던가. 아니, 저 해돋이를 보라고 우리를 새벽 찬바람 속에서 고생을 시키셨단 말인가. 게다가 뒷동산에 올라가기만 하면 언제나 바다를 볼 수 있는 동네에 살고 있는 우리가 아니던가.

잠시 후 우리는 삼삼오오 짝을 지어 주변을 돌아보았다. 볼 거라곤 절 하나밖에 없었다. 들어가 보니 책에서만 보던 불상이 가운데 자리를 잡고 있다. 그제야 나는 이곳이 석굴암이라는 걸 알았다. 지금이야 석굴암 입구 쪽에 유리벽을 해 놓아서 신도들이 예불을 드릴 때 외에는 관광객들의 출입이 금지되어 있지만, 그 당시에는 신발을 벗고 누구나 들어가 볼 수 있었다. 엉거주춤 들어가서 석가모니 불상을 쳐다보다가 천천히 주변의 보살상과 제자상들을 차례로 둘러보았다. 정확히 기억은 나지 않지만, 적어도 가운데 높이 봉안되어 있는 석가모니불은 금빛으로 빛나고 있었다. 막 떠오른 아침 해 때문이었는지 아니면 그 앞에 켜 놓은 촛불 때문이었는지는 모르겠다. 그러나 그 빛은 나의 마음에 장엄한 형상을 새겨 놓았다.

돌이켜 생각해 보면 담임 선생님은 석굴암 해돋이와 거기에 빛나는 석굴암 불상의 장엄함을 우리에게 느끼도록 해 주고 싶었을 것이다. 그 깊은 뜻을 알지 못하고 투덜거리면서 어둡고 좁고 꼬불꼬불한 산길을 걸어 올라왔지만, 그리하여 추운 바람에 몸을 웅크리고 해돋이를 보았지만, 열다섯 어린 촌놈이 어찌 당신의 마음을 알아챌 수 있었을 것인가.

『장자莊子』에 '망양지탄望洋之嘆'이라는 말이 나온다. 크고 훌륭한 것을 보면서 자신의 능력이 부족함을 한탄한다는 뜻이다. 세월이 흘러서야 선생님이 우리의 안목을 넓혀 주시려 애쓰셨다는 것을 깨닫는다. 새삼 바다가 보고 싶어진다.

3부 하찮은 돌도 옥같이 여겨라

8. 높은 곳에 오르는 것도 언제나 낮은 데서 시작한다

登高自卑

등고자비 : 높은 곳에 오르는 것은 낮은 데서 시작된다는 뜻.
- 「중용(中庸)」

몇 년 전 백두산 부근의 학술 답사 때문에 3주가량을 그곳에 머물렀던 적이 있었다. 일정이 빠듯해서 백두산 구경은 꿈도 못 꾸고 돌아다녔다. 그런데 일행 중에 백두산을 가 보지 못한 분이 있었다. 그분을 배려한다는 핑계로 하루 시간을 내서 백두산 등반에 나섰다. 가는 날이 장날이라고, 우리가 막 도착하자마자 비가 조금씩 내리기 시작했다. 어떻게 할까 고민하다가 우리 세 사람은 비옷을 입고 걸어서 올라가기로 했다.

가파른 벼랑 옆으로 만든 계단을 한참 올라가자 바로 옆에서 장백폭포가 엄청난 소리를 내며 떨어지고 있었다. 그러나 막상 꼭대기에 도착하자 자욱한 안개 때문에 한 치 앞도 보이지 않았다. 폭포수 소리도 아득히 멀어진 듯했고, 오직 안개 속의 적막만이 눈앞을 채우고 있었다. 관광객들이 몰리는 시기도 아니었거니와 비 오는 평일이었으므로 인적 하나 없었다. 몇 걸음 앞의 동료도 보이지 않는 상황에서 한참을 더듬거리는데 어디선가 라디오 소리가 들렸다. 그곳을 향해 갔더니 간단한 물건을 파는 임시 매점이 있었다. 중국인 청년 하나가 안에 누워서 노래를 흥얼거리고 있다가 갑자기 나타난 우리 때문에 깜짝 놀라 일어난다. 천지가 어느 쪽이냐고 물었더니 방향을 가르쳐 준다. 그쪽을 향해 수십 미터를 가자 흰 모래사장 저편에서 우리 쪽을 향해 거센 바람이 불어왔다. 순간 바람에 몰려가는 운무 사이로 시커먼 물이 언뜻 드러났다. 신령스러운 짐승이 검은 입을 벌리고 포효하는 듯했다. 공포와 감동이 동시에 일어나면서 나도 모르게 그 자리에 주저앉았다. 갑자기 비가 그치며 천지 위쪽으로만 구름이 걷혔다. 천지는 검푸른 물결을 넘실거리며 슬며시 모습을 드러내더니, 다시 바람과 운무가 몰아치면서 혼돈 상태가 되었다.

서둘러 산을 내려와서 처음 천지를 향해 출발했던 곳에 이르러서야 우리는 신령스러운 기운에 대해 조금씩 풀어놓을 수 있었다. 다시 비가 내리기 시작했지만, 우리는 산 밑에 앉아서 오랫동안 저 높은 봉우리를 쳐다보았다. 지금도 내 마음속에는 그때의 천지가 일렁이고 있다.

『중용中庸』에 '등고자비登高自卑'라는 말이 나온다. 높은 곳에 오르는 것은 낮은 데서 시작된다는 뜻이다. 세상의 위대한 것들도 모두 처음에는 작고 하찮은 것에서 시작되었듯이, 비루하고 자잘한 것에서 시작하여 신령스러운 것에 도달하는 것이 우리의 삶이 아니겠는가. 매일 반복되는 일상처럼 보이지만, 모든 것 안에는 신령스러운 기운이 가득하다는 것을 새삼 느낀다.

9. 가을바람에 드러나는 본래 모습

體露金風

체로금풍 : 가을바람에 몸체가 드러난다는 뜻으로, 본래의 면목이나 심성이 그대로 드러나는 것을 말함.

－「벽암록(碧巖錄)」

이즈막 내가 입에 달고 사는 말은 '바쁘다'는 말이다. 이 말을 입에 달고 사는 자신을 발견했을 때, 내가 무엇 때문에 바쁜가를 돌아보게 된다. 사람마다 자기만의 사정이 있겠지만 그래도 해야 할 일을 하지 못하고 살아가면 마음이 무겁다. 미안하기도 하고 멋쩍기도 하며 민망하기도 하다. 그런 사정을 벗어나기 위해 때로 우리는 바쁘다는 핑계를 댄다. 가야만 하는 자리에 못 가면 바빴기 때문이고, 해야 할 일을 제대로 처리하지 못하면 바빴노라고 변명한다. 실제로 바쁘기도 하겠지만, 곰곰이 자신의 생활을 되짚어 보면 바쁘다기보다는 바쁜 척할 뿐인 경우가 더 많다. 충분치는 않지만 시간을 잘 쓰면 해낼 수 있는 일도 바쁘다면서 그냥 넘어간다. 자신의 할 일을 회피하거나 제대로 하지 않으면서 바쁘다는 핑계와 변명을 하는 동안 우리는 어느새 정말 바쁜 사람으로 바뀌어 간다. 바쁜 것이 일상생활이 돼 버리고 나면 그런 생활에서 벗어난다는 것은 무망한 일이다. 게다가 자꾸 바쁜 척하다 보면 어느새 자신이 정말 바쁜 줄 착각하게 되는 사태도 일어난다.

매일 다니는 길인데도 눈을 들어보니 어느새 가을의 끝자락에 이르렀다. 교정의 나뭇잎들이 짙은 단풍 빛을 이기지 못해 잎을 떨구고 있다. 선연하던 가을 단풍이 빛을 잃더니 올해의 시간을 안고 서서히 지고 있다. "낙엽은 가이없이 우수수 떨어진다無邊落木蕭蕭下"라더니, 두보杜甫도 끝없는 저 낙엽이 쓸쓸하게 떨어지는 가을을 새삼스럽게 바라보았었다. 하늘도 어쩐지 가을의 공활함을 넘어서 겨울 기운을 띤 듯하고, 옷깃 사이로 스미는 바람도 제법 날카롭다. 여름이 어제인 듯했는데 눈길 한번 돌리니 벌써 겨울이 코앞이다. 너무 바빴던 탓에 계절이 오가는 것도 몰랐노라고, 그게 다 바쁜 탓이라고 되뇐다. 공자는 열심히 배우느라고 자신이 언제 이렇게 늙었는지 몰랐다는 말을 했지만, 나는 딱히 무언가에 몰두해서 배운 것도 아닌데 그냥 바빴기 때문에 시간이 이토록 빨리 지나가고 있었음을 몰랐다. 그런 생각이 드는 순간, 문득 내가 정말 바쁜가를 돌아보는 것이다.

오랜만에 대학 시절 은사님을 뵈었다. 다른 분과 점심을 먹고 차를 한 잔 마시려고 들른 길가 카페에서 우연히 선생님을 마주친 것이다. 불현듯 죄송한 마음이 일었다. 예전에는 선생님 댁을 무시로 드나들며 이런저런 말씀을 들었는데 최근에는 전화 연락도 못 드렸던 터였다. 바쁘게 사느라고 연락을 못 드려 죄송하다고 말씀드렸다. 선생님께서는 담담하게 웃으시면서, 젊은 사람이 바쁜 게 당연한 일이지, 하신다. 괜찮다고 말씀하시는 품이 너무도 담담하셔서 울컥하는 마음도 들었다. 길가에 서서 잠시 몇 마디를 나눈 뒤, 자주 연락을 올리겠노라고 다짐을 한 뒤 헤어졌다.

이상하게도 여러 날이 지나도록 선생님의 야윈 모습이 눈에서 지워지지 않았다. 내가 대학에 다니던 시절, 선생님은 멋진 풍채와 해박한 강의로 학생들을 사로잡았다. 세월이 흘러 그 풍채는 가뭇없이 사라지고 이제는 몇 개의 뼈만으로 온몸을 지탱하는 듯한 느낌이었다. 그 모습을 보면서 왠지 모를 슬픔 같은 것이 가슴에 스몄다. 그 슬픔은 노쇠함에 대한 안타까움이라든지 연민 같은 감정과는 분명 다른 것이었다. 도대체 슬픔은 어디서 비롯됐을까. 어쩌면 겉모습을 치장하는 것 속에 들어 있는 몸체를 엿본 것에서 온 것은 아니었을까.

송나라의 선사인 운문문언雲門文偃(864~949, 당나라 말기에서 오대 시기의 선승. 운문종의 창시자)에게 어떤 수행자가 물었다. "나무가 마르고 잎이 떨어질 때는 어떠합니까?" 운문이 이렇게 대답했다. "가을바람에 몸체가 드러나지."『벽암록碧巖錄』에 나오는 일화다.

체로금풍體露金風. 가을바람에 몸체가 드러난다는 이 말은, 가을이 돼 찬바람이 불면 나뭇잎이 떨어져서 나무의 줄기가 적나라하게 드러나듯이, 본래의 면목이나 심성이 그대로 드러나는 것을 말한다. 무성했던 여름이 치장하고 있던 나뭇잎과 온갖 꽃들, 그곳을 찾아와 노래하던 새들과 그늘을 즐기던 사람들은 가을바람이 불어오면서 순식간에 사라진다. 새들이 날아가고 사람들도 떠나면 아름다운 빛으로 물들었던 잎들이 떨어진다. 그예 남는 것은 줄기들뿐이다. 더 이상 떨굴 것도 없는 저 줄기들의 튼실한 몸을 보면서도, 어느 순간 우리는 가슴속 깊이 짠하게 다가오는 어떤 슬픔 같은 것을 느낀다.

대학을 졸업하고 직장을 구하고 결혼을 해서 아이를 낳고 노부모를 봉양하면서 이 사회의 일원으로서 살아가던 한 사람의 청장년 시절은, 그의 직위나 신분에 관계없이 아름답고 풍성한 것이다. 수많은 사람들이 그를 찾아와 머물고, 그 자신도 누군가를 찾아서 함께 무리를 이뤄 살아간다. 빛나는 청춘 시절을 거쳐서 힘찬 장년 시절을 보내는 동안 그는 자신을 포함해 누군가를 위해 열심히 이리저리 뛰어다닌다. 바쁘기 한량없는 시간을 보내면서 어느새 그에게도 바쁜 것이 생활이 되고 만다. 바쁘다는 말이 입에 익고, 바쁘다는 핑계로 귀찮거나 난감한 것들을 회피하며, 바쁘다는 말로 예전의 아름다운 추억들을 잊고 살아간다.

사람을 나무에 비유하자면 여름의 무성한 잎들은 청년 시절의 싱그러운 열정일 터이고, 가을의 멋진 단풍은 장년 시절의 원숙한 아름다움일 터이다. 싱그럽고 멋진 나무는 숲을 꾸미는 역할을 한다. 그런 나무에는 자연히 새들이 찾아와 깃들고 향기로운 꽃과 달콤한 과일이 달린다. 그러나 잎과 꽃과 과일과 새들이 어찌 나무의 본모습이겠는가. 가을이 돼 그들이 모두 사라지고 나면 남는 줄기들, 그리하여 겨울을 견디며 꿋꿋이 서 있는 저 줄기들이야말로 나무가 힘든 겨울을 넘어서게 하는 몸체가 아니겠는가.

내가 입에 달고 사는 바쁘다는 말이 어찌 나의 몸체겠는가. 그것은 내 몸체를 포장해서 감추는 껍데기에 불과하다. 그런 것들을 놓아 버리지 않는 한 나는 여전히 바쁠 것이며 바쁜 척할 것이다. 그렇다면 우연히 만난 우리 선생님의 저 담담한 표정과 말씀이야말로 모든 장식과 수식을 걷어 낸 뒤에 보여 주는 몸체의 한 부면이리라. 그렇게 세상은 늙어 가겠지만, 그것이 우리에게 깊은 슬픔 같은 느낌을 주기도 하겠지만, 그렇게 장식을 벗어 버리고 원래의 몸체를 돌아보라고 충고하기도 한다. 가을의 끝자락에서 나는 바쁜 일상에서 벗어나 내 몸체를 드러내는 가을바람에 온몸을 맡긴다.

10. 때 속에 감추어진 보배

圭生垢石

규생구석 : 아무리 더럽고 천한 것이라 하더라도 그 속에는 진귀하고 아름다운 자질을 품고 있다는 의미.　　　　　　　　　　　－『회남자(淮南子)』 「설림훈(說林訓)」

때 검사의 추억
..

누구나 얼굴 붉어질 만한 추억을 한두 가지쯤은 가지고 있을 것이다. 나는 워낙 시골 출신이라 우리에게는 일상이었지만 다른 사람들에게는 신기할 일들을 더러 겪었다. 지금 생각하면 민망한 일이지만, 그래도 30년이 훌쩍 지났으니 이제는 부끄러울 것 별로 없는 그리운 시절의 기억 가운데 하나이기도 하다. 1970년대에 초·중학교를 다닌 시골 사람들은 더러 기억할지 모르겠다. 당시에는 이따금 선생님이 학생들의 때 검사를 하곤 했다.

요즘처럼 대중 욕탕을 찾아볼 수 없던 시절에는 목욕이 큰 행사가운데 하나였다. 설이나 추석이 다가오면 가마솥에 물을 데워서 목욕을 하곤 했다. 부엌에 있는 커다란 솥이 임시 욕조 구실을 했던 것이다. 우리 집의 경우 그 솥은 소여물을 끓이던 것이었으므로, 목욕을 하기 위해 솥 안으로 들어가면 은은히 여물 냄새가 배어들었다. 어머니는 목욕을 하지 않겠노라고 떼를 쓰는 아들을 어르고 구슬러 겨우 솥 안으로 넣고는, 이리저리 돌려 가며 때를 벗기느라고 애를 쓰셨다. 그러나 이따금씩 하는 목욕인 탓에, 몸에 덕지덕지 앉은 때가 벗겨질리 만무다. 솥 안에 한참을 앉아 있어야 겨우 때를 벗길 만큼 불어터진다. 국숫발처럼 일어나던 때의 추억이, 조금은 너저분하지만 일말의 추억거리인 것은 분명하다.

때 검사는 분명 중학교에 들어간 뒤부터 생겼다. 한 학기에 한번 정도 체육 시간에 행해졌다. 아마도 신체검사가 있거나 그에 준하는 학교 행사가 있으면 어김없이 직전에 때 검사를 했다. 사람마다 개인차가 있기는 하겠지만, 많은 남학생들은 일상생활에서 목욕을 자주 할 수 없는 처지였다. 여름이라면 매일 개울에 나가서 풍덩거리고 놀기 때문에 때가 낄 시간이 없지만, 그것도 여름 한철뿐이 아니던가. 때의 두께에 차이가 있을지언정 누구에게나 조금씩은 숨기고 싶은 '때'를 가지고 있었다.

때 검사를 할 경우에는 체육 선생님이나 담임 선생님께서 며칠 전에 미리 예고를 하신다. 아무 날에 때 검사를 할 예정이니 미리 목욕을 깨끗이 하라는 것이다. 순간 반 전체가 술렁인다. 다행히

2~3일 뒤라면 서둘러서 목욕 준비를 해서 몸을 씻지만, 불행히도 일주일의 여유라도 있는 날이면 큰일이었다. 이틀쯤 지나면 우리는 때 검사를 까맣게 잊고 일상으로 돌아갔기 때문이다. 즐거운 마음으로 아침에 등교를 하면, 그제야 우리는 때 검사가 있다는 사실을 깨닫고 당황스러운 마음과 절망감을 함께 느끼곤 했다.

당장 한두 시간 뒤면 때 검사가 현실로 닥친다. 그런 상황에서 우리는 10분간 쉬는 시간이 되면 너나 할 것 없이 학교 뒤쪽 개울로 달려갔다. 윗도리를 훌렁 걷어 올리고 배에 낀 때를 닦기 시작한다. 비누도 없으니, 불지도 않은 때가 벗겨지지 않는 것은 당연한 이치다. 그렇지만 당장 때 검사를 받아야 하는 처지에, 이것저것 가릴 수 없다. 모두들 배에 물을 축인 다음 매끈하고 동글동글한 자갈을 하나 들고는 배를 박박 문지른다. 열네댓 살 먹은 아이들의 야리야리한 뱃살은 자갈에 밀려서 금세 빨갛게 달아오른다. 뱃가죽은 화끈거리지만 정작 때는 벗겨질 기미도 보이지 않는다. 급한 마음에 세게 문질러 보지만 뱃가죽만 아릴 뿐이다.

드디어 때 검사를 하는 시간. 모두들 일어서서 선생님의 지시를 기다린다. 선생님이 작은 지휘봉을 들고 지나가면 우리는 순서대로 윗옷을 걷어 올려서 때가 없음을 보여야 한다. 친구의 빨간 배를 보면서 선생님은 빙긋이 웃음을 띤다. 상황을 모두 파악하고 계셨겠지만, 모르는 체 지나가 주신 선생님의 배려는 지금도 참 고맙다. 어떻든 빨간 배로 무사히 검사를 마치면 십년감수한 마음으로 그 시간을 보낸다.

뜻밖의 상황이 발생할 때도 있다. 무슨 마음이 들었는지 선생님의 지휘봉이 붉게 물든 뱃가죽을 툭툭 건드리다가 이렇게 말씀하신다. "옷, 더 걷어 봐."

아니, 옷을 더 걷으라니! 쉬는 시간 10분 동안 배를 닦느라고 고생했지만, 가슴까지 닦지는 못했는데! 순간 부끄러운 마음에 주저하는 표정을 일거에 묵살하면서 빨리 걷어 올리라는 말씀을 하시면, 그때는 정말 야속한 마음이 들었다. 떨리는 손으로 조금씩 옷을 걷어 올리면, 붉은 뱃살 위로 검은 때가 덕지덕지 끼어 있는 가슴 부근이 드러났다. 선생님의 불합격 처분과 함께 매를 여러 대 맞은 뒤, 다음 날 다시 검사를 받으라는 지시가 떨어진다. 아픈 것도 아픈 것이지만, 배의 때를 미느라 쉬는 시간 노심초사 자갈로 배를 박박 문지르던 일이라든지 친구들의 야릇한 웃음 따위에 한참을 부끄러워해야 했다.

때 속의 보배를 찾아서
..

매일 몸을 씻는 문화가 번지면서 이제는 때 검사를 하는 진풍경을 보는 것은 불가능한 시대가 되었다. 그러나 땟국이 흐르는 시절을 횡단하면서 어린 시절을 보냈던 수많은 아이들이었지만 그들의 마음에는 때가 없었다. 순진무구純眞無垢라고 할 때의 '無垢(무구)'가 바로 때 없는 상태를 말하는 것이니, 그야말로 그들의 마음을 표현하기 위한 적절한 말이었다. 겉모습은 때가 끼었으되 그들의 마음에는 밝고 아름다운 보배로 가득했던 것이다.

『회남자淮南子』「설림훈說林訓」에 다음과 같은 말이 나온다. "밤에도 빛을 내는 밝은 구슬도 조개 속에서 나오고 주나라 천자의 대규大圭도 흙이 묻어 있는 더러운 돌에서 나오며 대채 지방의 신령스러운 거북이도 구렁텅이에서 나온다明月之珠出於蝦蜆, 周之簡圭生於垢石, 大蔡神龜出於溝壑." 천하에 진귀한 구슬이라고 하는 야광주도 물속에서 살아가는 조개 속에서 나오는 것이고, 천하를 다스리는 천자가 지니는 아름다운 옥으로 만든 대규도 땅속에 묻혀 있던 돌을 가지고 만드는 것이며, 나라의 제사에서 점을 칠 때 사용하는 신령스러운 거북이도 결국은 진흙과 더러운 물이 흐르는 구렁에서 나온다는 것이다. 그런 맥락에서 '규생구석圭生垢石'은 아무리 더럽고 천한 것이라 하더라도 그 속에는 진귀하고 아름다운 자질을 품고 있다는 의미로 쓰인다.

이제는 집집마다 욕조가 있고, 마을마다 대중목욕탕이나 찜질방이 있는 세상이다. 샤워를 하거나 목욕을 하는 것은 일상생활이 되었다. 그렇지만 나는 아직도 이따금씩 내 배를 걷어 올려 본다. 혹시 때는 없는지, 때를 미느라 붉게 물든 배가 여전히 붉은빛으로 남아 있는지를 살펴본다. 그리고 그 붉은빛 속에 감추어져 있는 내 안의 보배를 찾아보는 것이다.

11. 눈앞의 세상 너머를 보는 법

心 不 在 焉

심부재언 : 마음에 없으면 세상에 어떤 것도 없다는 뜻.
-『대학(大學)』

폭염이 이어지는 주말 오후, 무더위에 지친 몸이 흘러내리는 듯하
다. 무엇을 할 의욕도 생기지 않고 그저 멍하니 앉아서 일요일을
보낸다. 선풍기에서 몰려오는 바람도 후덥지근하다. 게다가 비끼는
햇살이 얼마나 강렬한지 방 안은 열기로 후끈하다. 창문을 닫고 커
튼을 내려도 한여름의 찜통더위를 어쩔 수 없다. 몸은 땀으로 번들
거린다. 지친 몸을 누이면 등이 바닥에 쩍하고 달라붙는다. 어디에
도 몸을 둘 수 없고 마음도 챙기기 어려운 때다.

내가 책 읽는 소리를 들은 것은 바로 이때였다. 조용하지만 생기
넘치는 목소리로 또박또박 책을 읽는 소리가 귓전을 두드린다. 처
음에는 무심히 넘겼는데, 조금씩 그 소리가 마음으로 들어오더니

3부 하찮은 돌도 옥같이 여겨라

이상하게도 내 몸을 서서히 깨워 일으켰다. 조선의 선비들이 여름 무더위를 이기는 것 중에 으뜸으로 꼽았던 것이 책 읽는 소리였다는 사실이 문득 떠올랐다. 그런 기록을 대할 때마다 이해를 하면서 머리를 끄덕였지만, 그것을 내 몸과 마음으로 직접 느낀 적은 거의 없었다. 나는 그녀의 책 읽는 소리에 몸을 일으키고 마음을 추스르고 있었다.

최근 들어 어깨와 목이 뻣뻣해지는 증상 때문에 생활이 좀 불편했다. 병원에서는 운동 부족이라 하고, 한의원에서는 피로가 누적되어 기운이 막혔다고 했다. 오랫동안 사용했던 이 몸이 자신의 상태를 돌아보아 달라며 신호를 보내는 것이 분명했다. 요는 정기적인 운동을 꾸준히 하는 것이었다. 그렇지만 매일 일정한 시간을 만들어서 꾸준히 운동을 하는 것은 생각보다 어려웠다. 그러던 어느 날, 아내가 나에게 지압을 이용한 안마를 권했다. 운동을 하는 것도 중요하지만 뭉쳐 있는 근육을 풀고 막힌 기운을 푸는 것이 중요하다는 것이었다. 그래서 생각한 것이 바로 안마였다. 중국 여행을 하면서 발 마사지를 받아본 경험이 전부였으니 마음이 당기지 않았다. 게다가 이따금씩 언론에 노출되는 부정적인 사건 기사 덕분에 나는 안마에 대해 막연한 편견을 가지고 있었으므로 아내의 권유 역시 달가울 리 없었다. 내가 딱히 적극적인 반응을 보이지 않자, 아내는 결국 돈을 미리 냈다면서 나를 압박했다.

안마 시술소 원장님은 예순 어름쯤 되는 시각 장애인 남자였다.

그분은 서른이 넘은 나이에 불의의 사고로 시력을 잃었다고 했다. 한 시간가량 안마를 하는 동안 서로 말없이 있기보다는 지루하지도 않고 힘도 덜 들도록 하기 위해서 이런저런 이야기를 나누게 되었다. 시각 장애인이라서 나는 말도 조심스럽게 했고, 그분의 상처를 건드리지 않기 위해 나름대로 배려를 했다. 그러나 그것은 나의 기우에 불과했다. 워낙 밝은 심성과 재미있는 말솜씨로 나를 대해 주시는 바람에, 어느 순간 그가 앞을 보지 못한다는 사실을 깜빡 잊을 때가 많았다. 안마를 받는 동안 웃느라고 자세를 고칠 때도 있었다.

일요일 오후 4시, 나는 안마를 받으러 그곳으로 갔다. 마침 수녀님 한 분이 오셔서 불편한 다리에 안마를 받고 있었다. 그동안 나는 거실 소파에 앉아서 책을 한 권 펼쳐서 뒤적거렸다. 날씨는 무척 더웠고 선풍기 바람은 미지근했다. 저물녘의 햇살은 폭염으로 가득했던 한낮을 방불할 정도로 뜨거웠고 땀은 계속 흘렀다. 그때 나는 책 읽는 소리를 만난 것이다.

원장님의 부인 역시 시각 장애인이었다. 그분은 원장님이 안마를 하는 동안 3층 집과 2층 시술원을 오가면서 손님들과 이야기를 나누거나 남편의 일을 거들어 주고 있었다. 내가 더위에 허덕이며 무료하게 책장을 뒤적거리고 있을 때 그녀는 거실에 앉아 책을 읽고 있었다. 그런데 갑자기 그녀가 내게 무슨 책을 읽고 있느냐고 물었다. 책 제목을 이야기해 주니까, 자신이 읽고 있는 책이 아주 흥미롭다면서 한 대목을 읽어 주겠노라는 것이었다. 좋다고 하니까 나지막하면서도 낭랑한 음성으로 책을 읽어 내려가기 시작했다. 손가락으로 점자를 훑으면서 또박또박 읽는 소리에 나도 모르게 내가 읽던 책을 덮고 그 내용에 마음을 모으기 시작했다. 법정스님의 책이었다. 무더위로 지친 일요일 오후의 뜨거운 햇살을 뚫고 법정 스님은 그녀의 입을 통해서 내 마음으로 들어와 나를 일으켜 세우고 있었다. 순간, 더위는 온데간데없이 사라지고 나는 깊은 산중에서 무욕의 삶을 배우는 도인을 만나 우주의 한 켠을 소요하는 듯했다. 그것은 안마가 주는 시원함과는 전혀 다른, 서늘한 마음의 경계를 경험하게 하는 거대한 힘이었다.

앞을 못 본다고 해서 인생의 앞길을 보지 못하는 것은 아니다. 그렇지만 눈으로 사물을 볼 줄 아는 사람들은 시각 장애인들이 마음의 눈까지 장애를 가지고 있다는 착각을 하곤 한다. 우리 몸의 수많은 기관들 중에 그들은 그저 눈에 약간의 장애를 가지고 있을 뿐이라는 점을 놓치고 살아간다. 따지고 보면 나도 내 몸의 한 부분에 문제가 생겨서 이곳으로 안마 시술을 받으러 온 게 아니던가. 어깨나 목에 문제가 생겨서 일상생활에 약간의 불편함이 있듯이 그들 역시 눈 때문에 조금 불편할 뿐이다. 그 불편함이 나와 다른 종류의 것일지언정 그것 때문에 편견을 만들어서 이상한 눈으로 바라보는 것은 불공평한 일이다.

『장자莊子』「소요유逍遙遊」 편에 보면 견오肩吾와 연숙連叔의 대화가 나온다. 견오가 막고야산에 사는 신인神人에 대한 이야기를 접여接興에게 들었는데 상식적으로 이해가 되지 않아서 믿기 어렵다는 말을 한다. 그러자 연숙은 이렇게 말한다. "장님에게는 빛깔의 아름다움이 안 보이고 귀머거리에게는 음악의 황홀한 가락이 안 들린다네. 그렇지만 장님과 귀머거리 같은 것이 육체에만 있는 것이 아니라 인간의 지식에도 있지. 바로 자네 같은 사람들이야." 말하자면 앞을 못 보고 소리를 듣지 못하는 장애가 육체적으로만 존재하는 것이 아니라 지식인들의 마음에도 그대로 있다는 것이다. 자신의 공부만이 진리라고 생각하거나 그것을 최고의 기준으로 삼아 다른 사람들의 말을 수용할 줄 모른다면, 그것이야말로 앎의 귀머거리요, 앎의 맹인이라는 것이다.

때때로 잊고 살기는 하지만, 마음에 없는 것이면 우리의 감관으로 드러나지 않는 경우가 많다. '심부재언心不在焉'이란 말은 마음에 없다면 세상 어떤 것도 없다는 뜻이다. 『대학大學』에 보면, "마음에 없다면 보아도 보이지 않고 들어도 들리지 않으며 음식을 먹어도 그 맛을 모른다心不在焉, 視而不見, 聽而不聞, 食而不知其味"고 했다. 마음을 잘 단속하지 않으면 인간으로서의 품위와 진리를 향한 발걸음을 내딛지 못한다. 많은 경우, 눈으로 보이는 것이 존재하는 게 아니라 진정한 마음으로 보려는 것이 이 세상을 만들어 가는 법이다.

12. 세월이 흐르면 벗도 드물어진다

晨 星 落 落

신성낙락 : 새벽에 별이 드물어지듯이, 노년이 되면 친하게 지낼 벗도 드물어
진다는 뜻.
　　　　　　　　　　　　　　-유우석(劉禹錫), 「송장관부거시서(送張盥赴擧詩序)」

사람 사귀기를 꽤 즐겼는데 어느 순간 새로운 사람을 만나 인사하
는 것이 부담스러워졌다. 주로 강의실에서 학생들을 만나거나 연
구실에서 혼자 책을 읽는 시간이 많은 탓인지 밖에서 뜻밖의 사람
을 만나는 일이 점점 줄어들더니, 이제는 내가 교유하는 사람들의
범위가 상당히 줄어들었다. 어쩌면 나이가 들수록 교유의 범위가
자신의 생활 주변으로 한정되는 것이 당연한 일일지도 모르겠다.
사람들을 만나는 것이 자신의 직업이라면 모를까, 대부분의 사람
들은 교유 범위가 일터 주변으로 좁혀진다. 일부러라도 밖으로 나
가 사람들과 어울려 다양한 문화생활을 즐기는 것도 좋겠지만 그
것도 계속되면 진력난다. 자연스럽게 예전부터 친하게 지내던 사

람들과 자주 만나게 된다. 벗이 소중한 것은 바로 이런 시간을 함께 보내면서 삶이 깊이를 더하게 해 주기 때문일 것이다.

평생 친구는 언제 만들어지는 것일까? 사람마다 경우가 다르기 때문에 이 질문에 대한 정답은 없을 것이다. 초등학교 때의 친구가 평생을 간다는 이야기를 들으며 초등학교 시절을 보냈고, 중학교 때의 친구가 평생을 간다는 이야기를 들으며 중학교를 다녔다. 시골에서 학교를 다닌 나로서는 초등학교 동창이 중학교 동창이나 다름없었다. 남녀 학생 통틀어 세 반이었으니 인원도 그리 많지 않았다. 특히 남학생들의 경우는 대부분 친하게 지냈고, 지금도 앨범을 펼쳐 보면 당시의 모습이 눈앞에 선하다. 그러나 애석하게도 자주 만나면서 정을 나누는 친구들이 없다 해도 과언이 아니다. 이따금씩 동창회에 나가면 그리운 옛 동무들의 얼굴을 본다. 반갑기도 하고 애틋하기도 하다. 흥이 나면 마치 열 몇 살 시절로 돌아간 듯 말투며 행동이 바뀌기도 한다. 그러나 그뿐이다. 그 친구들은 중학교를 졸업하면서 내가 걸어온 삶의 길과는 너무나 다른 길을 걸어왔다. 그러니 오랜만에 만나도 서로 겹치는 화제가 많지 않다. 간단하게 근황을 물어본 다음에는 어쩔 수 없이 중학교 시절로 돌아간다. 동창회의 많은 즐거움에도 불구하고 이야기가 반복되는 까닭은 아마 그런 탓이 아닐까 싶다. 저마다 살아온 길이 다르고 그 사이에 생각도 달라졌는데, 오랜만에 만나서 무슨 주제로 이야기꽃을 피우겠는가.

앞서 말한 것처럼 '평생 친구'는 언제 만들어질지 아무도 모른다. 저 친구가 평생토록 함께 인생길을 걸어갈 것이라고 생각하고 사귄다 해도 그렇게 될 가능성은 정말 드물다. 사람마다 그런 친구를 만드는 계기는 우연치 않게 오기 때문에, 시기와 장소는 천차만별이다. 그러나 옛 선현들이 자주 말한 것처럼 인생의 황혼에서 정말 친한 벗 한 사람만 있어도 성공한 삶이라 할 수 있다. 그런 친구를 만나는 것은 누구나에게 꿈과 같은 일이다. 그래서인지 옛이야기 중에는 친구와 관련된 것들이 많다. 백아^{伯牙}와 종자기^{鍾子期}가 음악을 통해서 마음을 나누다가 종자기가 죽자 백아가 다시는 음악을 연주하지 않았다는 내용을 담은 백아절현^{伯牙絶絃}이나 지음^{知音} 고사를 비롯하여 수많은 이야기들이 전한다.

조선 후기 문인인 이덕무^{李德懋}가 쓴 『선귤당농소^{蟬橘堂濃笑}』에는 이런 글이 수록되어 있다. "만약 한 사람의 지기^{知己}를 얻게 된다면 나는 마땅히 10년 동안 뽕나무를 심고 1년간 누에를 먹일 것이다. 손수 오색실로 물을 들이리니, 열흘에 색깔 하나씩 물들인다면 50일이 지나 다섯 가지 빛깔이 완성될 것이다. 이를 따뜻한 봄볕에 쪼인 뒤 가녀린 아내에게 백 번 담금질한 쇠로 만든 바늘을 가지고서 내 벗의 얼굴을 수놓게 한다. 그것을 귀한 비단으로 장식하고 고옥^{古玉}으로 축^軸을 만들리라. 아스라이 높은 산과 넘실넘실 흘러가는 물이 있는 그 사이에서 수놓은 그림을 펼쳐놓고 아무 말 없이 서로 마주 보고 있다가 땅거미가 질 무렵이면 품속에 넣어 돌아오련다."

이 글을 처음 접했을 때, 나는 이덕무의 섬세한 감각에도 놀랐지만 한 번도 생각해 보지 못했던 친구 이야기에 가슴이 뛰었다. 자기 마음을 온전히 알아주는 친구를 구하기도 어렵지만, 그런 친구가 있다면 나는 과연 저렇게 아름답고 절절한 행동으로 그 애정을 표현할 수 있을 것이며 이런 벗을 얻기 위해서 이덕무는 어떤 삶을 살았던 것일까 하는 생각이 뇌리를 스쳤던 것이다. 그러면서 내 주변을 돌아보면서 나는 저러한 벗이 없지 않을까 하는 불안감도 슬며시 피어났다.

정치적이든 경제적이든 사회적으로 권력을 가지고 있을 때에는 찾아오는 사람이 끊이지 않을 뿐 아니라 친한 벗으로 자처하는 사람들이 많다. 그들은 내가 어떤 상황에 처하더라도 나를 버리지 않을 것이며 어떤 손해도 감수할 것처럼 군다. 그러나 권력이 사라지거나 그럴 조짐만 보이면 언제 그랬느냐는 듯이 사람들의 발길이 뚝 끊어진다. 정승 집 개가 죽으면 슬퍼하는 사람들로 인산인해를 이루다가도 막상 정승이 죽으면 조문객이 거의 없다는 속담이 결코 빈말이 아니다. 사회적으로 빛나는 성취를 이루면서 승승장구할 때는 친한 벗이 누구인지 구별하기가 쉽지 않다. 어려운 일을 겪고 삶의 역경에 부딪치면 비로소 친한 벗의 얼굴을 가장한 사람인지 진정 친한 벗인지를 구별하게 된다.

아무리 권력을 많이 가지고 있던 사람도 결국은 나이를 먹는다. 노년에 이르기까지 자신의 권력을 행사하는 사람도 있겠지만, 대부분의 사람들은 나이를 먹어 가면서 권력도 서서히 손에서 놓기 마련이다. 게다가 육체적 능력도 조금씩 떨어지기 때문에 이동하는 범위도 줄어든다. 이 때문에 주변 사람들과의 교유가 현실적으로 어려워질 수밖에 없다. 여러 가지 이유로 인해서 과거의 친한 벗들은 자취를 감추고 노년의 고독이 찾아든다. 바쁘게 살아오던 삶을 벗어나면서 주변을 돌아볼 여유를 가지게 되는 나이가 되었지만, 친한 벗은 그리 많지 않다는 것을 깨닫는다. 삶의 무상함을 거기에서도 느끼게 된다.

당나라 때의 문인인 유우석劉禹錫은 「송장관부거시서送張盥赴擧詩序」라는 글에서 이런 사정을 쓴 적이 있다. 자신이 전성기를 누릴 때면 함께 그 시절을 누리고자 하는 사람들이 주변에 몰려들지만 권력에서 멀어지고 나이가 들면 모두 떨어져 나간다는 것이다. 그것을 새벽녘의 별에 비유했다. 새벽이 되면 별이 드물어지듯이, 나이가 들면 벗들이 점점 줄어든다는 것을 신성낙락晨星落落이라고 표현했다.

어떤 분들은 이렇게 말하기도 한다. 노년에 한 사람의 벗만 내 곁에 남아 있어도 성공한 삶이라고. 그 말을 곧이곧대로 해석할 필요는 없겠지만, 그만큼 친한 벗과 평생토록 걸어간다는 것이 어렵다는 말일 것이다. 또한 젊은 시절에 만든 아름다운 삶이야말로 친한 벗들과 인생길을 오래도록 함께 걷는 방책이기도 하다는 의미이기도 하리라.

13. 음식의 정성에 값하는 하루를 보냈는가

粒食爲本

입식위본 : 양식이 삶의 근본이다.
-도홍경(陶弘景), 「청우사(請雨詞)」

숨이 턱턱 막히는 무더위가 연일 기승을 부리더니, 거짓말처럼 가을 기운이 천지에 가득하다. 날이 갈수록 더워지는 날씨 때문에 지구의 온난화에 대한 온갖 설들이 난무한다. 그런 이야기를 듣노라면 나도 모르게 우리가 살아가고 있는 지구에 대한 근심과 걱정이 마구 일어난다. 자연을 지배한다고 자부하는 인간이야말로 자연속에 노출되면 너무도 나약한 존재가 아니던가. 자연을 이리저리 매만져서 자신의 이익을 위해 이용한다는 것은 진실로 인간의 오만함에서 비롯한 것이리라. 하루 저녁 퍼붓는 비에 마을이 물에 잠기고, 한동안 비가 내리지 않아도 우리의 양식을 걱정해야 하는 것이 인간의 살림살이다.

좁은 땅덩어리지만 어느 지역은 가뭄 때문에 근심하고 어느 지역은 장마 때문에 걱정한다. 그렇게 뜨겁고 눅눅하던 여름이 지날 무렵 마법처럼 해맑은 얼굴을 드러내며 가을을 증명하고 있는 저 푸른 하늘을 보면서, 서늘한 바람이 선들거리는 들녘에 서서 우리는 자연의 변화와 그에 순응하는 인간 살림살이의 소중함을 새삼 깨닫는 것이다.

여전히 하루 양식을 걱정하는 사람들이 많지만, 수십 년 전 우리나라 사정과 비교할 때 전반적으로 음식이 풍성해졌다는 점은 분명하다. 지금 학생들 대부분은 '보릿고개'라는 단어를 들어보기는 했으되 그것의 사회적 맥락이나 느낌을 알지 못한다. 세월이 갈수록 인간 생존을 위한 기본 조건은 충족되어져야 하는 것이 당연한 일이기는 하다. 그러나 우리가 어려웠을 때의 사정을 잊어버리는 것은 미래의 삶을 위해서라도 안 될 일이다. 특히 너나없이 어려웠던 시기에 인간답게 산다는 것의 의미를 생각하고 실천했던 사람들의 행적을 살피면서, 지금의 풍성함이 바로 그런 사람들 덕분에 이루어졌다는 점을 인식하는 것이 중요하다.

집에서나 밖에서나 음식이 넘쳐나는 모습을 우리는 심심치 않게 목격하곤 한다. 모든 것이 산술적인 평등 내지는 평균에 도달할 수는 없겠지만, 어떤 때는 저렇게 남는 음식이 굶주리는 사람들에게 돌아갈 수만 있다면 얼마나 좋을까 하는 마음이 들기도 한다. 동시에 그것은 음식을 만들어 내기 위해 그 과정에 참여했던 사람들의 노고를 무시하는 일이 아닐까 하는 생각도 든다. 예전에 만났던 어떤 신부님은 절대 음식을 남기지 않으려고 식탁의 모든 음식을 드시기도 했다. 심지어 라면 국물까지도 말끔하게 비우곤 하셨다. 덕분에 그분의 몸은 비대한 편이었다. 건강을 위해서라도 배가 부르면 음식을 남기라고 말씀을 드렸지만, 오히려 그분은 웃으며 이렇게 말씀하시는 것이었다. "이 음식을 남기면 쓰레기가 되지만, 내 몸 안으로 넣으면 에너지가 되어 세상을 위해 일을 하는 힘이 됩니다. 쓰레기도 줄이고 세상을 위해 일도 할 수 있는 힘을 얻으니 일거양득이지요." 그런 말씀 속에서 우리는 신부님이 음식을 어떤 자세로 대하고 있는지 충분히 느낄 수 있었다.

조선 명종, 선조 무렵에 활동했던 유명한 관료 문인인 정유길鄭惟吉의 일화도 떠오른다. 조선 시대에 과거 시험을 주관하는 관리가 결정되면 예빈시禮賓寺라는 관청에서는 그들을 위하여 음식을 보내 주었다. 그러나 예빈시의 음식이 형편없고 더러워서 대부분의 사람들은 거기에 손도 대지 않고 우두커니 앉았다가 돌아가곤 했다. 심지어 밥에 쥐똥이 섞여 있기까지 했으니, 그 수준을 짐작할 만하다.

정유길이 한 번은 과거 시험을 주관하는 관직에 임명된 적이 있었다. 그 시기에도 예빈시의 음식은 썩 좋지 않았지만 그는 제공되는 모든 음식을 남김없이 먹었다고 한다. 물론 쥐똥이야 골라내고 먹었을 테지만, 눈 하나 까딱 않고 태연히 음식을 먹는 그의 먹성은 당시 사람들에게 매우 인상적으로 비쳐졌던 것은 사실인 듯하다.

정유길은 잔칫집에 갈 때면 언제나 조반을 먹지 않고 갔다. 집안 사람들이 조반을 먹고 가라고 권하면 언제나 이렇게 말했다. "그 사람이 나를 위하여 음식을 차려놓고 부르는데, 내가 만약 집에서 배불리 아침밥을 먹고 간다면 잔치 음식을 제대로 먹지 못할 것 아닌가. 아무리 진수성찬을 차렸더라도 내가 그 음식을 먹지 않는다면, 잔칫집 주인은 자신이 차린 음식이 보잘것없어서 내가 먹지 않는 줄 알고 서운해할 것이야. 이 어찌 오만하고 무례한 짓이 아니겠느냐."

이런 마음으로 언제나 음식을 대했기 때문에 정유길은 어느 자리에서나 환영을 받았다고 한다. 유몽인의 『어우야담^{於于野談}』에 나오는 이야기다.

이제는 보릿고개라는 말이 아득한 옛말이 되었을 정도로 식생활이 풍족한 시대가 되었다. 어려운 집도 있지만, 예전에 비하면 음식의 풍족함은 지나칠 정도다. 그러다 보니 음식을 대하고도 무덤덤한 경우가 많다. 남들이 보면 보잘것없어 보이는 음식도, 만드는 사람 입장에서는 얼마나 많은 수고와 정성을 들였겠는가. 하나의 음식이 오기까지 많은 사람들이 씨앗을 뿌리고 기르고 수확하여, 요리 과정을 거쳐 내 식탁에 놓이기까지 셀 수 없을 만큼 많은 분들의 노동과 정성이 들어간다. 음식을 대하면서 그들에게 고마운 마음을 가진 적이 얼마나 있을까.

입식위본^{粒食爲本}이라는 말이 있다. 남조 때의 도사였던 도홍경^{陶弘景}

의 「청우사請雨詞」에 나온다. "그윽이 살펴보건대 백성들의 삶은 양식이 근본입니다窺尋下民之命, 粒食爲本"라는 말에서 유래했다. 굳이 선현들의 말씀을 인용하지 않더라도 먹는 것이 삶의 근본이라는 것은 당연한 말이다. 먹는 것이 하늘이라든지, 농사는 천하의 근본이라든지, 쌀 한 톨에 농부의 땀 여든여덟 방울이 스며 있다느니 하는 말도 큰 맥락에서 보면 비슷한 뜻이다. 더운 여름을 견디며 노동의 흔적을 새겨 나온 것이 양식이니, 그것으로 만든 음식을 대하는 마음은 고맙고 정성스러울 수밖에 없다.

건강하고 맛있게 먹어 준다면 음식을 준비한 사람 역시 마음이 흐뭇할 것이다. 정유길이라고 왜 쥐똥 섞인 밥을 알아차리지 못했겠는가마는, 내 앞에 놓인 음식이 어떤 것이든 소중히 여기고 정성스럽게 대하는 마음은 참 아름답지 않은가. 이런 사람이라면 세상의 무엇을 대하더라도 남을 배려하고 그들의 노동에 감사하는 마음으로 품어 줄 것이다. 아무리 낮은 자리에 있는 사람이라도 정성스럽게 대할 것이다. 오늘 내게 놓인 음식을 마주하면서, 음식에 담긴 정성에 값하는 하루를 지냈는지 되돌아본다.

4부.

공부하는 즐거움

1. 변화에 대한 희망이 공부의 출발점이다

위기지학 : 자신을 위한 공부. 남에게 보여 주기 위한 것이 아니라 자신의 삶에 도움이 되는 공부를 말함.　　　　　　　　　　　　-이이(李珥), 「격몽요결(擊蒙要訣)」

학문(學問)이란 배우고 묻는 행위를 통틀어 이르는 말이다. 인류의 역사에서 배우고 묻는 행위는 인류를 인류답게 만드는 것이기도 하면서 인류의 존속에서 핵심적인 역할을 해 왔다. 학문을 함으로써 인류는 자신만의 삶을 구성했고, 어제보다는 더 아름답고 행복한 나날을 만들려고 애를 써 왔다. 지식의 축적, 지혜의 발현을 통해 인류의 역사를 풍성하게 만들어 왔다면, 그것은 상당 부분 학문 행위에 기댄 덕분이라고 할 수 있다.

　우리가 살아가면서 개인의 행복을 추구하고 가족의 아름다운 삶을 꿈꾸며, 나아가 사회와 국가, 인류 사회의 평화로운 공존을 이야기하는 것은 개인의 행위조차도 자신만의 것이 아닌 온 우주의 운행과 질서에 이어져 있음을 자각하는 일이다. 학문은 바로 그런 맥락을 잊지 않는 자리에서 성립해야 한다. 공부하는 사람들에게 왜 공부를 하느냐고 물으면 다양한 대답을 내놓겠지만, 큰 범주에서 보자면 행복한 삶의 구현에 있을 것이다. 학문을 통해 좀 더 많은 사람들이 행복한 삶을 누리게 되었다면 그것이야말로 최고의 학문이요, 인류의 발전이 아니겠는가.

무엇이 행복이고 발전인가. 그 개념이나 범주는 시대마다 혹은 지역마다 달랐다. 어떤 사람에게는 자유롭고 아름답게 느껴지는 것이 어떤 사람에게는 억압과 추함으로 가득하게 느껴지기도 한다. 그것은 행복이나 발전과 같은 개념도 각 시대와 공간 속에서 언제나 재구성되는 것이라는 의미다.

근대 이전의 동아시아에서도 다양한 학문론이 제기되었다. 불교나 유교, 도교와 같은 곳에서도 학문 방법론을 고민해 왔지만, 각 시대의 뛰어난 학자들이 나타나서 사람들을 진정한 학문의 길로 인도하려고 애썼다. 그러나 어떤 학문이든 두 가지 점을 근간으로 삼았다. 첫째는 근본 텍스트와 선학先學들의 연구 업적을 충실히 학습하는 것이고, 둘째는 자기 시대와 관련하여 새롭게 학문적 지형도를 재구성하는 것이었다.

학문의 출발점에서 텍스트에 대한 엄정한 학습을 중시하지 않는 분야는 없다. 물론 가장 좋은 방법은 스승과 제자가 얼굴을 맞대고 함께 묻고 배우는 것일 터이다. 공자가 그러했고 석가모니가 그러했으며 수많은 선승들과 위대한 유학자들이 그렇게 공부를 했다. 선불교에서 화두 참구와 함께 자신이 도달한 경지를 확인받는 선문답이라든지, 유학자들이 스승과 함께 공부하던 강학講學에서 그 전통을 확인할 수 있다. 그 과정에서 성립된 어록을 읽으면서 느끼는 묘한 긴장감은 학문에 대한 열정과 삶에 대한 애정, 새로운 길을 찾으려는 사람들의 몸짓에서 비롯한다. 그러나 누구나 얼굴을 맞대고 공부할 수는 없다. 사람들은 마치 먼 옛날 스승의 얼굴을 지금 마주하고 공부하듯이 어록을 마주하며, 그들 사상의 흔적을 깊게 남기고 있는 경전을 읽는다. 문제는 어록이나 경전을 구성하는 언어의 체계가 시대의 흐름에 따라 이해되기 어려워지거나 의미의 변화를 겪는다는 사실이다. 문자의 의미 전달력이 완벽한 것이 아니라고는 하지만 문자에 의지해야만 의미를 전달할 수 있다는 모순된 현실은 텍스트와 의미 사이에 미묘한 차이를 만들어 내고, 우리는 그 차이를 넘어서서 원래의 의도 혹은 진실에 접근해야만 한다. 훈고학 혹은 고증학, 주석학 등과 같은 방대하면서도 엄정한 분야가 탄생하는 것은 바로 그런 맥락 때문일 것이다. 텍스트의 뜻을 배우고 스승에게 물어서 밝히는 행위야말로 학문의 근간이다(최한기, 『인정人政』 권15). 주희의 방대한 주석 작업, 퇴계와 율곡 이후 치열한 성리학 논쟁, 정약용의 방대한 저술 등 기본 자료를 만들고 분석하는 작업은 당대의 지적 수준을 높이는 계기였다. 이렇게 축적된 선학들의 연구 성과를 우리의 출발점으로 삼음으로써, 엄청난 시간과 노력을 절약하고 좀 더 깊은 학문의 세계로 들어가게 된다.

　이것이 학문의 모든 것은 아니다. 여기서 우리는 이렇게 질문을 해야 한다. 학문을 통해 학자는 무엇을 할 수 있고 해야만 하는 것일까. 이전의 성과를 자신의 토대로 삼아 사유의 지평을 넓히고 삶을 풍성하게 하는 것은 당연한 일이다. 지행합일知行合一을 주장하지 않은 학자가 어디 있겠는가마는 앎의 범주나 행함의 방향에 대해서는 시대와 공간에 따라 다를 수밖에 없다. 그것은 학자 개인이 처한 사회적, 역사적, 문화적 맥락이 다르기 때문이다. 그들은 자신의 학문을 통해서 진리라고 믿는 지점을 향해 나아간다. 동시에 주변의 사람들에게도 그 길이 옳은 길이니 함께 가자고 강력하게 권유한다. 그런 삶의 바탕에 바로 학문의 강력한 힘이 자리하고 있다.

　근대 이전의 지식인들에게 학문이란 일상생활과 떼려야 뗄 수 없는 것이었다. 사상적 입장 차이에도 불구하고 대부분의 선학들은 학문을 평생 동안 해야 한다는 점과 일상생활에 직결되어 있다는 점을 강조했다. 이이李珥가 『격몽요결擊蒙要訣』에서 "학문을 하지 않는다면 사람다운 사람이 되지 못한다는 것, 학문의 요체는 일상생활에서의 인간 행동이 가장 적합한 상태를 이루도록 하는 것"이라고 주장한 것에서 그들의 학문관을 단적으로 파악할 수 있다. 수기치인修己治人을 기본 종지로 하는 유학의 처지에서 학문이란 당연히 수많은 사람들과 공유하는 것이어야 했다. 학문을 통해서 자기 명성을 드높이려 한다든지, 개인적인 욕망에 사로잡혀 자신의 이익만을 추구한다면 학문의 목표에서 벗어나는 일이었다. 요점은 자기를 위한 학문(위기지학爲己之學)을 해야지 남을 위한 학문(위인지학爲人之學)을 해서는 안 된다는 것이었다. 이황李滉에 의하면 "자기를 위한 학문이란 인간으로서 마땅히 해야만 하는 것을 공부하고 그것을 생활 속에서 실천하는 것이지만, 남을 위한 학문은 헛된 지식을 쌓아서 자기와 남을 속이고 명성과 칭찬을 구하기만 하는 것"이라고 했다. 조식曹植이 말한 것처럼 "일상생활에서의 행동이 공부와 어긋나지 않게 되면 자연스럽게 하늘의 이치에 통하게 되는 것이 바로 진정한 학문이라는 것"이다. 공부의 내용은 다를지언정 선불교가 지향하는 공부 역시 이 구조에서 벗어나지 않는다.

세상의 무수한 책들을 포함하여 자신의 스승을 앞에 두고 치열하게 공부하는 삶이야말로 학자들이 꿈꾸는 생활이지만, 그것의 목표는 나의 삶, 내가 살아가는 이 세상을 변화시키고자 하는 것이다. 그 공부가 세상을 변화시킬 수 있느냐는 비아냥섞인 물음에도 언제나 변화에 대한 희망을 잃지 않는 것이 학자의 소임이요, 자세이다. 『논어』를 읽었다면 내 삶이 그만큼 바뀌어야 비로소 『논어』를 읽었다고 할 수 있을 것이라는 정이程頤의 언설은 공부의 목표를 여실히 보여 준다. 지금보다 더 아름답고 행복한 삶을 누릴 수 있도록 나와 주변 사람들과 세상을 바꾸지 않는 공부라면 과연 학문이라고 할 수 있겠는가.

2. 내 삶을 바꾸는 공부는 어떻게 하는가

晴	耕	雨	讀

청경우독 : 날이 맑으면 밭을 갈며 농사일을 하고 비가 오는 날이면 글을 읽는다는 뜻. -미상

세상이 온통 공부로 가득한 시절이 되었다. 초등학교에 입학하기 전부터 나이가 들어서까지 우리는 끊임없이 공부를 한다. 그렇지만 공부를 하면 할수록 자신의 이익을 챙기기에 급급한 것을 보면 진정한 공부를 하는 건 아닌 듯싶다.

농사철만 되면 어디선가 홀연 나타나서 열심히 품팔이를 하는 사람이 있었다. 마흔이 조금 넘어 보이는 그이는 우리 같은 꼬마들에게는 그냥 '아저씨'로 불렸다. 방을 하나 구해서 묵으며 이른 아침부터 늦은 저녁까지 농사일을 열심히 하던 그는, 저녁을 먹고 나면 혼자 방에 들어앉아 밤이 깊도록 등잔불을 켜 놓고 무언가를 하는 것이었다.

우리 집에 작은 행사가 있던 날, 나는 동네에 음식을 돌리느라 바쁜 하루를 보냈다. 피곤한 몸으로 축 처져 있는데, 할머니께서 음식을 한 그릇 담더니 그 아저씨에게 가져다드리라고 하셨다. 벌써 밤은 초입을 지난 시간이었다. 그릇을 들고 그이가 머무는 방 앞에서 아저씨를 불렀으나 듣지 못했는지 기척이 없었다. 불이 켜져 있으니 그냥 갈 수도 없었고 인기척이 없으니 들어갈 수도 없는 노릇이었다. 잠시 머뭇거리다가 나는 과감하게 문을 열었다. 순간 등잔불 밑에서 무언가를 보고 있던 아저씨는 깜짝 놀라 돌아보더니, 나를 보고 멋쩍은 표정으로 들어오라고 했다. 그냥 음식이나 전하고 오려던 나는 얼떨결에 음식을 들고 방 안으로 들어갔다. 고맙다면서 음식 덮었던 종이를 들치는 사이에 나는 힐끗 곁눈으로 아저씨가 보던 걸 살폈다. 뜻밖에도 그것은 책이었다.

다음부터 그이를 보면 마치 다른 사람처럼 느껴졌다. 무슨 책을 읽고 있었는지 보지는 못했지만, 책을 읽고 있던 모습은 그의 행동을 새로운 눈으로 보게 했다. 그이가 농사일을 하면서 남이 안 보는 곳에서도 게으름을 피우지 않는다는 사실도 알게 되었다. 물론 그의 근면함과 책 읽기가 연관이 있는지 장담할 수는 없지만, 나는 지금도 상당한 연관이 있다고 생각한다. 70년대 초반, 품팔이를 하면서도 책을 읽던 그이의 모습은 참으로 인상적이었다.

청경우독晴耕雨讀이라는 말이 있다. 이 단어의 출전은 딱히 알려진 바 없지만, 원래 제갈공명이 남양南陽 땅에 은거하면서 농사와 공부를 병행하던 시절의 삶을 표현하는 것이라고 한다. 날이 맑으면 밭을 갈며 농사일을 하고 비가 오는 날이면 글을 읽는다는 뜻이다. 주경야독晝耕夜讀과 같은 의미로 쓰인다. 중학교까지는 의무교육이 되었고 거리마다 학원들로 넘쳐나지만 여전히 우리의 공부는 청경우독을 실천하던 시골의 품팔이꾼보다도 못하지 않은가 싶다. 이익이 앞에 있어야만 하는 공부, 책상머리에 앉아서 머리로만 하는 공부가 전부는 아니다. 정신을 고양시키는 공부가 몸을 움직이는 생활과 만날 때 가장 아름다운 공부가 될 것이며, 그럴 때 비로소 우리 삶을 바꾸는 공부와 만나게 되지 않겠는가.

3. 단순한 책 상자가 되지 마라

書 | 通 | 二 | 酉

서통이유 : 책이 매우 많고 학식이 풍부한 것을 일컫는 말.
-『태평어람(太平御覽)』

가을이면 언제나 독서의 계절이라며 여기저기서 책 읽기를 권한 다. 그렇지만 정작 독서량은 줄어든다는 통계가 있다. 더운 여름을 지나 날씨가 선선해지고 단풍이 천지를 채우니 놀기 좋은 때라서 그렇다고 한다. 책을 좋아하는 사람들이야 계절이나 시간, 장소를 관계치 않는다. 좋은 책이 있으면 즐겁게 읽고 그렇게 익힌 것을 삶 속에 실천하는 사람들이야말로 좋은 독서가다.

  예전의 선비들은 책을 읽으면서 횟수를 헤아리곤 했다. 서산^{書算} 이라는 도구를 만들어서, 자신이 지금 몇 번째 읽고 있는지를 셌다. 한 번 읽고 그만둘 책이 있는가 하면 여러 차례 읽어서 삶의 지침 으로 삼을 책도 있다. 조선의 선비들에게 경서는 평생을 반복해서 읽어야 할 책이었다.

　조선 중기에 백곡^{栢谷} 김득신^{金得臣}이라는 분은 어려서 천연두를 앓았다. 이 때문에 기억력이 좋지 않았던지 책들을 수없이 반복해서 읽었다. 그는 「독수기^{讀數記}」라는 글을 남겼는데, 그 내용을 보면 입이 벌어질 정도다. 『백이전^{伯夷傳}』은 1억 1만 3천 번, 『노자전^{老子傳}』『보망장^{補亡章}』 등은 2만 번, 『제책^{齊策}』 등은 1만 5천 번, 『획린해^{獲麟解}』 등은 1만 3천 번을 읽었다고 한다. 이 글의 뒷부분에서는 『중용』이나 『장자』, 『사기』 등도 많이 읽었지만 1만 번이 안 되기 때문에 기록하지 않는다고 썼다. 그의 기록이 정확한지 확인할 길은 없지만, 적어도 자손들이 열심히 글을 읽기를 바라는 마음은 글 속에 잘 남아 있다. 어떻든 초인적인 성실함 덕분에 김득신은 당대에 꼽아 주는 문인 관료로 이름을 남기게 되었다.

　책이 매우 많고 학식이 풍부한 것을 일컫는 말로 '서통이유^{書通二酉}'라는 것이 있다. '이유'는 중국의 대유산^{大酉山}과 소유산^{小酉山}을 말한다. 전하는 말에 의하면, 소유산 꼭대기에는 석굴이 있는데 옛날부터 천여 권 이상의 책이 소장되어 있다고 한다. 이 때문에 책이 소유산과 대유산을 꿰뚫었다는 말을 통해서 독서량과 학식의 풍부함을 의미하게 되었다. 『태평어람^{太平御覽}』에 나오는 이야기다.

　이것과 상대되는 뜻의 '서록^{書簏}'이라는 말도 있다. 책 상자라는 의미인데, 읽지는 않고 보관만 하는 사람을 일컫는다. 아무리 짧은 글이라도 감동을 받는다면 좋은 독서를 한 셈이다. 마찬가지로 많은 책을 읽고 사유의 깊이를 더하는 일 역시 중요하다. 보관용 책이 아니라 우리 삶을 바꾸는 독서가 소중하다. 책꽂이에 꽂힌 책들이 혹시 장식품으로 전락하지는 않았는지 돌아본다.

4. 한 번 심어 백 번 수확하는 일

一 樹 百 穫

일수백확 : 한 번 심어서 백 번 수확한다는 뜻으로, 인재를 기르는 것이 먼 미래를 준비하는 것이라는 의미.

-관자(管子), 『권수(權修)』

세계에서 제일 높은 곳에 있는 호수라는 티티카카 호를 다녀왔다. 페루와 볼리비아에 걸쳐 있는 큰 호수다. 코카 잎 몇 개 띄운 차를 연신 마시며 고산병을 겨우 다스려야 할 만큼 높은 곳이었다. 짙푸른 물빛과 넓은 하늘, 수평선 너머로 아련히 보이는 만년설 덮인 산봉우리, 평화로운 삶이 언제나 지속될 것만 같은 고요한 호수였다.

호수 한가운데 있는 우로스 섬을 구경하기 위해 배를 탔다. 섬이라고는 하지만 갈대 뿌리를 잘라서 만든, 일종의 부유하는 갈대 더미다. 풍랑이 거세지면 섬도 물결 따라 흔들리고, 물결이 잔잔해지면 섬도 고요하다. 언제나 흔들리는 섬처럼, 이곳 원주민들의 생도 그렇게 흔들리면서 이어져 온 듯하다.

첫 번째 섬을 구경하고 다른 섬으로 가려고 배를 탔을 때였다. 어떤 젊은 여인이 네댓 살쯤 되어 보이는 아이를 데리고 함께 탔다. 그녀는 우리 틈에 앉아서 노래를 흥얼거리더니, 우리가 한국에서 왔다고 하자 뜻밖에 「곰 세 마리」를 부르는 것이다. 비교적 정확한 발음과 음정으로 노래를 부른다. 반가운 마음에 와자하게 웃으며 박수를 쳤더니, 그녀가 얼른 일어나 모자를 벗어 우리 앞에 내놓는다. 팁을 주지 않을 도리가 없다. 그녀의 노래가 끝나자마자 따라왔던 꼬마가 또 「곰 세 마리」를 어설픈 발음과 어지러운 음정으로 노래를 부르더니 모자를 벗는다. 순간, 그들의 노래가 관광객들의 동전을 얻기 위한 수단이 아니었을까 하는 섭섭함이 뒤따랐다.

그렇게 맞은편 섬에 도착했다. 마음에 남은 섭섭함 때문이었는지 그 섬에서는 관광 상품을 둘러볼 생각이 나지 않았다. 사람들의 웅성거림을 피해서 뒤쪽으로 돌아갔다. 그런데 남자아이 하나가 나무 책상에 앉아서 무언가를 열심히 쓰고 있는 모습이 눈에 들어왔다. 초등학교 4~5학년쯤 되었을까. 나는 슬며시 그쪽으로 가서 책상 위를 보았다. 그 애는 관광객들의 소란에도 아랑곳하지 않고 독서삼매경에 빠져 있었다. 오전 열 시의 햇살을 온몸으로 받으면서 책상에 앉아 있는 모습은 너무도 당당하고 아름다웠다. 그곳의 어떤 유적과 자연 경관보다도 감동적이었다.

『관자管子』에 '일수백확一樹百穫'이라는 말이 나온다. 인재를 양성하는 것이 중요하다는 뜻이다. 한 번 심어서 한 번 수확하는 것은 곡물이고, 한 번 심어서 열 번 수확하는 것은 나무며, 한 번 심어서 백 번 수확하는 것은 사람이기 때문이다. 부유하는 섬의 흔들리는 삶 속에서도 튼실하게 사람을 심는 모습이야말로 티티카카 호의 가장 빛나는 보석이었다.

5. 즐겁게 한세상 잘 놀다 가려네

遊戲三昧

유희삼매 : 노는 일에 온 정신을 집중한다는 뜻.
-「전등록(傳燈錄)」

놀기에 나쁜 계절이 어디 있겠는가마는, 바야흐로 여름만큼 놀기 좋은 계절도 없다. 날씨가 추워서 방 안에만 웅크리고 있어야 하는 겨울보다는 밖으로 돌아다니기에 부담 없기 때문이다.

여름이 되면 옛사람들은 무엇을 하면서 놀았을까. 평민들이야 온갖 노역에 힘든 나날을 보냈겠지만, 양반들은 제 나름의 취미를 따라 다양한 놀이를 즐겼다. 시회(詩會)를 즐기는 것도 여름날을 즐겁게 보내는 방법 중의 하나였다. 마음에 맞는 선비들끼리 모여서 하루나 이틀 정도 담소를 나누면서 시를 짓고 음영한다. 시의 평측을 맞추고 압운을 히느라 골몰하다 보면 더위도 사라지고 시간도 금세 흐른다. 그렇게 작품이 완성되면 술과 다과를 즐기면서 목청 좋은 사람이 낭랑하게 읊는 시를 듣는다. 정말 듣기 좋은 소리 중의 하나로 흔히 무더운 여름날 그늘에 앉아 시를 낭송하는 소리를 꼽았던 것처럼, 시회를 통해서 더운 여름날을 즐겁게 보내는 것 역시 대장부의 호사가 아니겠는가.

지하철을 타거나 식당에 들어갈 때면 종종 휴대폰이나 휴대용 게임 기계에 얼굴을 박고 다른 곳으로는 눈길조차 돌리지 않는 아이들을 발견한다. 그들만의 즐거운 놀이를 하고 있는 것이다. 사실 어떤 놀이든 그것만이 가지는 매력이 있고, 그 매력 때문에 놀이는 언제나 중독성을 지니기 마련이다. 컴퓨터 게임에 빠져서 사는 사람들이 문제가 있다고 생각하지만, 다른 한편으로 생각하면 거기에 몰두해서 살아갈 수밖에 없는 그들 나름의 사정도 있을 것이다. 세상의 수많은 번뇌를 안고 살아가다가 게임만 하면 어떤 고민도 잊을 수 있다면 누군들 거기에 빠지지 않겠는가. 아이들이 컴퓨터 게임에 빠져서 살아가는 것이나 어른들이 카지노에서 자신의 삶을 탕진하는 것이나, 당구나 축구 혹은 여러 운동에 빠져서 살아가는 것이나, 무엇인가에 몰두해서 다른 고민을 잊는다는 점에서는 다를 바가 없다. 어쩌다 자기가 좋아하는 놀이를 못하게 되면 불안한 마음을 금할 길 없다.

매일 책을 읽고 원고를 쓰는 사람들이 제일 많이 받는 질문은 아마도 '무슨 재미로 사느냐'는 것이리라. 나 역시 이런 질문을 자주 받는데, 그때마다 딱히 대답할 말이 없다. 어떤 작가는 매일 30매

이상의 원고를 쓰는 것이 버릇이었다고 하는데, 그렇게 살아가려면 거의 수도승과 같은 생활을 해야 한다. 친구를 만나도 혹은 재미있는 놀 거리를 발견해도 30매의 원칙에 매여서 많은 부분을 포기해야 한다. 나야 이런 규칙을 스스로 만들어 놓지 않았으니 특별히 포기할 것은 없다. 그렇지만 내가 무슨 놀이를 즐기는지 반문해 보면, 손으로 꼽을 만한 것이 거의 없다. 술도 마시지 못하고 담배도 하지 않으니 다른 곳에 시간을 쓸 일이 많지 않다. 당구나 볼링, 골프, 테니스와 같은 운동도 하지 않는다. 걷기를 즐기기는 하지만 시간적 여유가 별로 없으니 많이 걷지는 못한다. 이렇게 이야기를 하노라면 어떤 사람은 내게 묻는다. 달리 하는 게 없이 그저 책만 읽는 생활을 하다니, 도대체 무슨 재미로 사느냐는 것이다.

그럴 때면 나는 언제나 조선 후기의 문인 이덕무를 떠올린다. 그는 스스로를 '간서치看書痴', 책만 읽는 바보라고 자처했던 인물이다. 이덕무의 「간서치전看書痴傳」에 의하면, 그는 어렸을 때부터 스물한 살이 되기까지 하루도 책을 손에서 놓은 적이 없었다고 한다. 작은 방에 거처하면서 창으로 들어오는 빛으로 책을 읽었는데, 동쪽 창을 향해서 앉았다가 해가 기울면서 남창과 서창으로 옮겨 가면 방향만 바꿔 앉아 책을 읽었다고 한다. 그가 웃을 때는 오직 기이한 책을 얻었을 때뿐이었다.

책에 얼마나 미쳐 있었는지 알려주는 기록은 이덕무의 문집 곳곳에서 발견된다. 그의 아름다운 문장으로 가득한 「이목구심서耳目口心

心書」에는 가난하지만 책을 사랑하는 저자의 삶을 볼 수 있는 단편이 보인다. 1765년 11월, 자신의 서재가 너무 추워서 작은 모옥으로 이사를 한 적이 있다고 한다. 집은 너무 초라해서 벽에는 얼음이 얼어 있었고 구들 틈으로 스미는 연기 때문에 눈이 시었다. 해가 뜨면 얼었던 초가지붕이 녹으면서 방바닥으로 물이 뚝뚝 떨어지는데, 짚의 누런 색깔이 물에 스며서 손님의 도포에 얼룩을 만들기 일쑤였다. 그때마다 이덕무는 미안한 마음에 일어나서 사과를 했지만 집수리를 할 형편이 되지 못했다. 이런 상황에서도 그는 책 읽기를 멈추지 않았으니, 진정한 '간서치'라고 할 만하다.

요즘도 책 읽기를 좋아하는 사람들은 어쩌다 하루 책을 읽지 못하면 불안해하는 경우가 있다. 나 역시 마찬가지다. 일종의 정신병이라고도 할 수 있는 이 증세는, 신기하게도 책을 손에 들면 사라진다. 책을 읽을 때는 다른 걱정을 잊을 수 있으니, 컴퓨터 게임이나 도박, 골프 등에 빠지는 것과 다를 바 없다. 다른 것이 있다면 책을 읽는 것이 다른 분야에 빠지는 것보다 돈도 덜 들고 많은 사람들과 생각을 공유하고 넓히면서 새로운 사유의 지평을 만들어 갈 수 있다는 점이다.

『전등록傳燈錄』에 '유희삼매遊戲三昧'라는 말이 나온다. 노는 일에 온 정신을 집중한다는 뜻이다. 거기에 집중하면 오직 일념의 경지를 경험할 수 있으니, 참선이라고 해서 무어 유별난 것이 있겠는가. 이덕무가 그러했듯이, 오직 책을 보면서 삼매에 빠진다면 그 경지야말로 순선純善한 본성이 오롯하게 드러나는 순간을 경험하는 지점일 것이다. 그래서 독서삼매경이라는 말이 있지 않은가. 삼매의 경지를 맛보면 평생 잊지 못한다. 어떤 것으로든 그 경지에 이를 수는 있지만 문제는 그 경지를 지속시킬 힘이 없다는 것이다. 도박이나 게임, 혹은 마약 등과 같은 것으로 삼매에 들 수는 있지만 그 시간이 지나 삼매에서 완전히 깨어나면 이전보다 몸과 마음이 더욱 황폐해져 있기 마련이다. 그것은 죽음을 부르는 삼매다. 반면, 독서삼매는 책 읽기가 끝나도 순선한 마음을 회복했던 경지가 쉽게 없어지지 않을 뿐 아니라 다음에 책을 읽을 때면 삼매에 쉽게 도달한다. 그것을 통해서 몸과 마음이 아름다워지고 평화로움을 경험한다.

술이나 담배도 하지 않고 여러 잡기도 즐기지 않지만, 내게는 책을 읽는 것이 놀이와 같다. 평생 책만 읽으면서 무슨 재미로 사느냐고 묻는다면 당연히 책 읽는 재미로 산다고 하겠다. 그렇게 한 세상 즐겁게 노닐면서 지냈으니 무슨 아쉬움이 있으랴. 이것이야말로 나만의 유희삼매 수행이다.

6. 임금도 피해 가지 못한 끝없는 공부의 길

自	彊	不	息

자강불식 : 자신을 향상시키기 위해 스스로 노력하는 것을 잠시도 멈추지 않음.

-「주역(周易)」「건괘(乾卦)」

이따금씩 나는 대통령이 근래 어떤 책을 읽고 있는지 혹은 읽었는지 궁금할 때가 있다. 이런 의문에 대답이라도 하듯 드물게 언론은 대통령이 휴가에서 읽을 책으로 어떤 책을 가지고 가는지 단신으로 보도하기도 한다. 그러나 여전히 대통령의 독서는 잘 알려지지 않는 편이다. 어쩌면 기자들의 관심사가 아니라서 보도되지 않은 탓일 수도 있다. 대통령이라고 해서 개인의 사적 측면까지 공개해야 한다는 법은 없으니까, 그가 어떤 책을 읽는지 밝히지 않는다고 해서 비난할 문제는 아니다.

근대 이전에도 국왕은 주기적으로 공부를 해야만 하는 시간을 가졌다. '경연經筵'으로 불리는 공부 시간 외에도 여러 가지 형태의 공부 시간이 존재했다. 그러나 어떤 공부든 자신이 하고 싶어서 해야 오래 공부를 하면서도 도움이 된다. 조선의 세종이나 영조, 정조 등 우리에게 널리 알려진 임금은 촌음을 쪼개 가면서까지 책을 읽었던 분들이다. 그들은 결코 정사를 돌보느라 시간이 없다는 이유로 책을 멀리하지 않았다.

시간이 없다면서 책을 읽지 않는 사람은 시간이 있어도 책을 제대로 읽지 않을 것이라고 나는 생각한다. 수많은 일을 처리하다 보면 자신의 부족함을 절감하는 순간이 있을 것이고, 그 부족함을 메우려면 누구로부터 공부를 배우든지 책을 읽든지 해야 할 것이다. 국왕으로 등극하기 전에 혹은 대통령이 되기 전에 알고 있던 지식으로 엄청난 자리를 감당하기란 쉽지 않은 일이다. 자신의 시야를 넓게 하고 주변 사람들의 능력을 새롭게 인식해서 적절한 자리에 발탁하는 일이 대통령의 여러 임무 가운데 하나라면, 당연히 책을 읽어서 자신의 현실적 부족함을 조금이라도 채우려는 노력을 게을리하지 말아야 한다.

조선의 왕이라고 해서 모든 행동이 자유로웠던 것은 아니다. 아침부터 밤늦게까지 빡빡한 일정으로 언제나 피곤한 상태인 경우가 많았다. 오죽하면 정조 임금은 일이 너무 많아서 잠을 제대로 잘 수 없다고 한탄을 했겠는가. 겉으로 보면 화려하고 안온한 것 같아도 실제로는 힘들고 불편한 자리가 왕의 자리였다.

왕들이 힘들어했던 일 가운데 하나를 꼽자면 앞서 언급한 경연이 아닐까 싶다. 왕도 인간인지라 부족한 부분이 있기 마련이다. 그 부분을 메우는 것 중의 하나가 공부다. 어렸을 때부터 당대 최고의 학자가 스승으로 붙어서 글을 가르쳤으나, 배우는 학동 입장에서는 힘든 일과다. 경서를 중심으로 다양한 책들을 읽고 해석하고 자신의 삶 속에 체현하는 일은 왕으로서도 해야만 하는 것이었다. 신하들과 책을 함께 읽어 나가는 동안 왕은 나라를 어떻게 다스려야 할지, 요즘 문제가 되는 것은 무엇인지, 해결책은 어떻게 마련해야 하는지 등을 생각하고 논의했다.

『승정원일기承政院日記』 고종 7년 11월 15일 자 기사를 읽다 보면 이유원李裕元, 조성교趙性敎, 홍순목洪淳穆 등 여러 사람을 앉혀 놓고 『맹자』를 공부하는 풍경을 만난다. 당시 고종은 한동안 신하들과 경연 자리에서 『맹자』를 읽으며 성현의 뜻과 정사를 논의하곤 했다. 왕은 이전 시간에 배운 것을 한 번 암송하고 해석을 한 뒤, 책을 펴서 새로 배운 내용을 열 번 읽는다. 경연관 가운데 한 사람은 옆에서 서산을 가지고 임금이 읽는 횟수를 헤아린다. 그렇게 읽는 순서가 끝나면 임금은 자신이 읽고 있는 부분에서 궁금한 점을 경연관들에게 묻고 신하들은 대답을 한다. 이날은 『맹자』 「공손추公孫丑」의 한 대목을 읽고 토론을 하였다. 임금과 신하가 선善의 도리로 마음을 합쳐야 올바른 정치로 백성들에게 은덕을 베풀 수 있는 것이지 어느 한쪽이라도 권력에 마음을 두면 임금이 교만해지거나 신하가 아첨만 하게 되는 폐해가 생긴다는 내용으로 논의가 진행되었다.

더불어서 당시 정치 현실에서 문젯거리로 삼을 만한 것들을 함께 의논하였다. 왕도 그러했거늘, 요즘처럼 빠르게 변화하는 상황에서 공부를 하지 않는다면 자신이 맡은 일을 제대로 처리할 수 없는 처지가 되어 버린다.

공부가 누구에게나 즐거운 일은 아니다. 아이나 어른이나 할 것 없이 대부분의 사람들은 공부를 힘들어한다. 그렇지만 세상을 살아가다 보면 내가 모르는 것투성이라는 사실을 깨닫게 된다. 우리의 삶이 선택과 평가의 연속으로 구성되어 있다고들 하지만, 언제나 올바른 선택을 하거나 공정한 평가를 주고받는 것은 아니다. 최대한 그렇게 하려고 노력할 뿐이다. 그 노력의 중요한 행위로서 우리는 공부를 한다. 말하자면 공부란 지금의 나보다 더 올바른 선택을 할 수 있도록 해 주는 것이고, 지금의 나보다 더 공정한 평가를 주고받을 수 있도록 만들어 준다. 평생교육이라는 말이 이제는 주변에서 늘 볼 수 있게 되었지만, 인간이 평생 공부하는 존재라는 생각은 옛사람들도 가지고 있었다. 제사를 지낼 때 지방을 보면 관용적으로 '학생學生'이라는 말을 덧붙인다. 예컨대 할아버지의 지방이라면 '현조고학생부군신위顯祖考學生府君神位'라고 쓴다. 그럴 때 '학생'이라는 단어가 들어가는데, 이 경우는 돌아가신 할아버지가 평생 벼슬을 하지 않았다는 의미를 가진다. 옛사람들에게 공부의 최종 수혜자는 백성들이었고, 자신의 공부를 통해서 임금을 보좌하여 태평성대를 만들고 백성들을 평안하게 하는 것이 목표였다. 벼슬은 그래서 하는 것이었다. 그러나 벼슬의 기회가 없어서 평생을 재야에서 살아갔다면 그는 결국 평생 공부를 하는 학생이었으리라. 그런 맥락에서 '학생'이라는 표현이 사용된 것이다.

임금이든 백성이든, 천한 사람이든 귀한 신분의 사람이든, 남자든 여자든 평생 자신이 하는 일에 몰두하여 정진하는 태도는 늘 필요하다. 더 나아가기 위해 쉬지 않고 노력하는 것, 그것을 자강불식自彊不息이라고 한다. 이 말은 『주역周易』「건괘乾卦」 부분에 나온다. 하늘이 한 치의 어긋남도 없이 언제나 굳건하게 운행하는 것처럼, 군자도 모름지기 스스로 굳건하게 쉬지 않고 노력해야 한다는 의미다.

우리가 다른 사람에게 감동받는 데에는 많은 이유가 있지만, 자신의 일에 몰두하여 끊임없이 정진하는 삶을 만날 때 남다른 감동을 받지 않던가. 작은 것 하나에도 심혈을 기울여 살피고, 혹여 자신이 모르는 부분을 만날 때를 대비하여 늘 새로운 것을 배우고 만들어 가는 사람을 만나면 그의 사회적 신분과 처지에 관계없이 숙연해지곤 한다. 이런 것이야말로 진정한 공부요, 이 세상을 바꾸는 공부의 실천이다. 세상에 필요 없는 사물, 필요 없는 인간이 어디 있으랴. 하늘이 나를 이 땅에 태어나도록 했다면 어디엔가 쓸모가 있어서 그렇게 했으리라. 그 바탕에 끝없는 공부의 길이 스며 있다. 꼭 대통령의 독서만 소중한 것이 아니라 우리 개인의 독서도 그만큼 소중하다. 그리하여 그 쓸모가 어디에서 빛을 발할지는 모르겠

지만, 내가 마주하는 순간마다 흔들림 없이 노력한다면 그 사람이
야말로 이 시대의 진정한 군자가 아니겠는가.

7. 부처님이 알려준 과거 급제 방법

運 開 時 泰

운개시태 : 운수가 탁 트여 시절이 태평하다는 의미.
-양신어(梁辰魚), 「완사기(浣紗記)」

해마다 달라지는 입시 제도나 지원 자격 탓에 고등학교 3학년 학생을 자녀로 둔 부모들은 어떻게 해야 할지 망연자실하는 경우가 많다. 자녀의 공부 패턴이나 각 과목별 성적을 꼼꼼히 따진 뒤에 어떤 전형으로 지원할지를 결정해야 한다. 봉사 활동 점수는 얼마나 되는지, 자녀의 장점은 무엇인지도 확인해야 한다. 그러나 정작 학생생활부나 점수표를 보면 얼마나 복잡한지 제대로 읽어 내기가 쉽지 않은 것도 현실이다. 아무리 자녀에게 관심을 가져 보려 해도 입시 서류를 어떻게 읽고 판단해야 하는지 도대체가 요령부득이다.

어느 시대에나 시험이 주는 압박감은 아마도 청소년기를 짓누르는 큰 사건이었을 것이다. 작은 시험이라도 막상 응시하는 순간에 느껴지는 긴장감은 본인이 아니면 쉽게 짐작할 수 없다. 심사위원이나 채점관으로 많은 경험을 한 사람도 정작 자기가 수험생의 처지로 바뀌면 긴장하기 마련이다. 그것은 시험이 규모에 맞게 자기 삶에 변화를 가져오기 때문일 것이다. 자기에게 영향을 끼치지 않는 시험이라면 그리 긴장할 것도 없을 것이다. 그러나 우리나라에서 대학 입시란 그의 인생을 결정하는 큰 사건 중의 하나이기 때문에, 입시철이 되면 온 나라가 들썩거릴 수밖에 없다.

이즈막의 학생들을 보면 나는 안쓰러움과 함께 분노 같은 것이 치밀어 오르는 것을 느끼곤 한다. 십 대 시절이란 얼마나 아름답고 소중한 것인가. 그런데 이 땅에서 살아가는 대부분의 십 대들은 오직 대학 입시를 위한 문제를 푸는 일에 골몰해 있다. 세상에 쓸 데 없는 공부가 어디 있으랴만, 문제집을 푸는 공부만큼 허망하고 쓸모없는 짓이 또 어디 있겠는가. 많은 책을 읽고 여행을 하며, 친구와 스승의 그늘 아래서 마음껏 토론을 하고, 꽃그늘 아래에서 생각에 잠기는 것, 이런 속에서 십 대를 보내는 일이 우리에게는 그저 허황된 상상에 불과하다. 그렇게 십 대의 한 부분을 허비하는 걸 보면서, 혹은 그들에게 허비하도록 강요하는 우리의 교육 제도를 보면서, 나는 안쓰러움과 함께 분노를 느끼는 것이다.

이런 종류의 소모적인 경쟁은 시간이 갈수록 강도가 높아지게 되어 있다. 누구 한 사람의 결심으로 바꿀 수 없는 제도적 장벽은, 어떤 사람에게는 아득한 절망감을 던져 줄 뿐이다. 어찌 보면 우리는 이 땅의 십 대들에게 가장 먼저 절망을 가르치는 건 아닌가 싶기도 하다. 그 와중에서 많은 청소년들이 절망의 늪을 빠져나오지 못하고 비극적인 결말을 선택하기도 하니, 정말 가슴 아픈 일이다.

그래도 다행스러운 것은, 절망적 중압감에 시달리면서도 우리 청소년들 대부분은 밝게 살아간다는 것이다. 그것이 단순히 낙타의 인내는 아니기를 바랄 뿐이다. 오직 참기 위해 참는 것은 그들의 삶을 위해서나 우리 사회를 위해서도 잘못된 일이다. 어떻든 요즘의 십 대들은 그 나름의 새로운 통로를 찾아서 자기 길을 개척한다. 참 대견한 일이 아닌가. 힘들지만 자신이 당면한 일에 최선을 다해 몰두하고, 현실을 넘어 새로운 현실을 꿈꾼다. 어떤 친구들은 일찌감치 현실의 벽 앞에 무너져 모든 것을 포기하지만, 어떤 친구들은 그 벽을 넘어서 드넓은 세상으로 힘차게 나래를 펼칠 준비를 차근차근 한다.

조선 세종 무렵에 이름을 떨쳤던 관리 중에 상진(尙震)이라는 분이 있다. 그는 친구들과 함께 산속 절에서 과거 시험을 준비하고 있었다. 모두들 열심히 공부를 하던 중에, 하루는 상진의 꿈에 황룡(黃龍) 한 마리가 나타나서 부처님을 휘감는 것이었다. 그는 꿈이 너무도 상서로운 것이라 여기고, 몸을 단정히 하고 부처님 앞에 향을 피운 뒤 정성을 다해서 과거에 급제하게 해 달라며 빌었다. 꿈을 믿고 불상 앞에서 절을 하는 상진을 본 친구들은 갑자기 장난기가 발동했다. 친구 가운데 한 사람이 몰래 불상 뒤에 숨어서 근엄한 목소

4부 공부하는 즐거움

리로 이렇게 말했다.

"너의 정성이 참으로 갸륵해서 내가 과거 시험 문제를 알려 주겠
노라. 다른 책은 볼 것도 없이 오직 칠서^{七書}의 첫 대목만 열심히 외
우도록 하여라."

칠서란 사서삼경^{四書三經}(『대학』『논어』『맹자』『중용』『시경』『서경』『주
역』)을 말한다. 이 책은 한문을 공부하는 사람들에게는 기본서이기
때문에 당시의 선비라면 누구나 읽는 책이었다. 상진은 그 말이 정
말 부처님의 말이라고 생각하고 그 뒤부터 다른 공부는 완전히 그
만둔 채 오직 사서삼경의 첫 대목만 열심히 외웠다. 처음에는 장난
으로 시작했는데 상진은 그 말을 철석같이 믿고 다른 공부를 하지
않으니, 친구들은 걱정하기 시작했다. 결국 그들은 상진에게 사실
을 실토했다. 자기들이 장난으로 꾸며서 부처님 흉내를 낸 것이니,
그 말을 믿지 말고 예전처럼 과거시험 공부를 하라고 이야기한 것
이다. 그러나 상진은 그 말이 비록 친구들의 장난이기는 했지만, 부
처님이 친구들의 입을 빌려서 한 말이니 당연히 믿고 따르겠노라
고 했다. 친구들의 만류에도 불구하고 상진은 오직 사서삼경 첫 대
목만 우직하게 외웠다.

과거 시험을 치르는 날이 되었다. 시험관 앞에 앉으니 출제자가
상진에게 사서삼경의 첫 대목을 외워 보라는 문제를 내는 것이 아
닌가. 상진은 당연히 유창하게 그 대목을 외워서 우수한 성적으로
합격했다고 한다. 이 일화는 『동야휘집^{東野彙輯}』에 나온다.

우리는 흔히 시험에는 운과 실력이 함께 작용한다고 말한다. 실력은 좋은데 뜻밖에 시험만 보면 줄줄이 떨어지는 사람이 있는가 하면, 실력은 고만고만한데 보는 시험마다 합격하는 사람도 있다. 그렇다고 해서 시험을 운으로만 생각해서도 안 된다. 실력 있는 사람이 늘 시험에 합격하는 것은 아니지만 적어도 실력이 있어야 운도 기대해 보는 것 아니겠는가. 그렇게 보면 운도 실력이 있어야 따르는 것인지도 모른다.

'운개시태運開時泰'라는 말이 있다. 명나라 양신어梁辰魚의 『완사기浣紗記』에 나오는 구절인데, 운수가 탁 트였으면서 시절이 태평하다는 의미다. 사람마다, 시대마다 태평성대의 의미는 다르게 받아들여지겠지만, 적어도 능력을 가진 사람들이 제대로 자기 역할을 할 수 있는 시대라면 태평성대로 칭송해도 되지 않을까 싶다. 적절한 시험을 통해서 좋은 인재가 자신의 능력을 발휘하고, 그러한 사람들 덕분에 우리 모두가 행복하고 즐겁게 살아간다면, 그것이야말로 최고의 태평성대가 아닐까. 화려한 스펙과 실력을 갖춘 사람들마다 상진과 같은 운이 따르기를, 그리하여 그 수험생들이 우리 시대를 태평하게 이끌어 갈 기회를 얻기를, 진심으로 빈다.

8. 역사를 읽어야 하는 시대

撥 亂 反 正

발란반정 : 혼란스럽고 어지러운 국면을 잘 다스려서 바른 상태를 회복한다는
뜻.
-『춘추공양전고증(春秋公羊傳考證)』(권28)

유득공柳得恭이 『발해고渤海考』를 쓴 것은 그의 나이 37세 되던 해인
1784년의 일이다. 당시 그는 검서관檢書官을 그만두고 포천 현감으
로 근무하고 있었다. 널리 알려진 것처럼, 유득공은 홍대용, 박지원,
이덕무, 이서구 등 당대 최고의 지식인들과 교유하면서 그 명민함
을 발휘하고 있었다. 이 시기 여러 지식인들은 북방 지역의 역사와
지리에 깊은 관심을 가지고 있었던 것으로 보인다. 그는 일찍이 여
러 벗들과 여행을 하면서 우리 역사에 깊은 관심을 가지고 공부했
으며, 그러한 관심과 지식을 바탕으로『이십일도회고시二十一都懷古詩』
라는 책을 썼다. 여기서도 북방 지역에 대한 역사적 관심이 잘 표
현되어 있다. 박지원 역시 그의『열하일기熱河日記』에서 조선의 선비

들이 역사에 대해 무지한 탓에 북방의 넓은 영토를 앉은 자리에서 잃어버렸노라고 언급한 바 있다. 그들의 생각이 가장 잘 집약된 책이 바로 유득공의 『발해고』다. 이 책은 제목 그대로 발해국에 대한 일종의 개론서 성격을 가지는 역사서다. 그의 책이 나옴으로써 비로소 발해는 우리의 역사 속에 당당한 일원으로 들어오게 되었다.

유득공은 『발해고』의 서문에서 이렇게 갈파한 적이 있다. 고려가 만약 발해의 역사를 빨리 편찬한 뒤 "왜 우리 발해 땅을 돌려주지 않는가? 발해 땅은 바로 고구려 땅이다"라고 여진족을 꾸짖은 뒤 장군 한 명을 보내서 그 땅을 수습했다면 아마도 토문강 북쪽의 광대한 땅을 우리가 소유할 수 있었으리라는 것이다. 유득공은 역사를 쓰지 않는 바람에 토문강 북쪽과 압록강 서쪽이 결국 누구의 소유인지 불분명해졌고, 끝내 고려의 국력이 약해지게 되었다고 했다.

인간은 수많은 기억으로 구성되어 있는 존재가 아닐까. 우리가 감지하지 못하는 사이에 엄청난 숫자의 세포들이 생멸生滅을 거듭하면서 시시각각 달라지는 점을 고려하면 나는 조금 전의 나와 전혀 다른 존재라 할 수도 있다. 굳이 불교의 심오한 교리를 예로 들지 않더라도, 세상 만물은 늘 변화하기 때문에 그 존재를 완벽하게 보존하면서 시간을 극복하는 것은 없다. 흘러가는 물을 되돌릴 수 없고, 흘러간 시간을 잡을 수 없듯이, 우리도 세상의 변화 속에서 끊임없이 움직이면서 다른 모습으로 변해 가는 법이다. 심지어 성형을 하거나 불의의 사고로 다친 몸을 다른 사람의 피부나 장기로 이식하는 경우에는 눈에 띄게 달라졌다는 것을 알 수 있다. 그렇다면 달라진 사람을 달라지기 이전에 존재했던 사람과 같은 인물이라고 어떻게 인정할 수 있을까? 좀 더 질문을 근본적으로 가져가 보자. '나'를 '나'라고 주장할 수 있는 근거는 무엇일까? 바로 기억이다. 동일한 기억을 공유한다면 우리는 그 존재를 일종의 연속성을 가진 것으로 파악하고 동일한 존재로 인정한다. 내가 십 년 전의 나와 같은 인물이라는 것, 이십 년 만에 만난 동창을 내가 알고 있던 옛날의 그 동창생과 같은 인물이라고 인정하는 것, 그것은 모두 공유하고 있는 기억 때문이다. 기억에 의해 유지되는 것을 동일성이라고 한다면, 그 동일성에 의해 우리는 시간과 공간을 극복하는 실마리를 마련한다. 잠시 이 세상에서 살다가는 일회적 인생이지만, 인간은 내가 남긴 행적들이 수많은 사람들의 기억으로 남는 덕분에 일회적인 시간을 넘어서 영원히 살아 있게 된다.

인류의 기억이 지금까지 축적되어 역사를 만든다. 물론 모든 기억들이 역사로 모여드는 것은 아니다. 어떤 기억들은 흔적 없이 사라지기도 하고 어떤 기억들은 왜곡 혹은 재구성되기도 한다. 주목받지 못하던 기억이 어떤 계기를 만나 중요한 기억으로 재해석되기도 한다. 한 사람의 기억조차도 시간이 지나면 자신의 처지나 생각의 변화에 따라 수시로 재구성되는 경우가 많다. 그와 마찬가지로 역사도 시대의 변화에 따라 재구성되고 재해석되기 마련이다. 하나의 사실이 어떻게 재구성되는지를 보면 그 시대 사람들이 자신의 시대를 어떻게 대면하려 하는지 엿볼 수 있다.

지금 이 시대에 우리의 역사를 어떻게 재구성할 것인가 하는 문제는 다양한 의견이 표출될 수 있다. 보수든 진보든 중도든 자기나름의 역사관에 따라 과거의 역사를 해석하고 구성하는 작업을 활발히 하는 한편 서로 날카롭고 진지한 토론이 있어야 한다는 것은 당연한 일이다. 그러나 그 전제는 역사 공부가 반드시 필요하다는 점이다. 지금 이 시대는 그 전제를 잊고 살아온 것처럼 보인다. 젊은 세대가 우리 역사에 얼마나 무지한 상태인지 자못 비장한 어조로 보도하면서 역사 교육의 문제점을 부각시키는 언론들은 과연그 전제를 잊게 만든 책임에서 자유로울 수 있을까. 우리 교육 현실을 조금만 들여다보면 얼마나 한심한 작태가 벌어지고 있는지쉽게 알 수 있다. 국어보다 영어 수업이 더 많은 나라, 큰돈 들여가며 해외여행은 값진 체험을 한다면서 마구 보내지만 정작 우리 역사를 돌아보는 여행에는 인색한 나라, 이런 나라가 과연 정상적으로 보이는가? 이런 교육을 시키면서 일제강점기 시대의 상징인 욱일승천기를 하나의 디자인으로 받아들이는 청소년들을 일방적으로 비난하는 것이 얼마나 정당할까. 고구려를 제대로 모르니 중국의 동북공정이 어떤 문제점을 가지고 있는지 어찌 알겠으며, 일제강점기의 근대사를 제대로 모르니 독도가 왜 문제인지 어찌 알겠는가.

발란반정撥亂反正이라는 말이 있다. 혼란스럽고 어지러운 국면을 잘 다스려서 바른 상태를 회복한다는 뜻이다. 여러 곳에 나오는 말인데, 특히 『춘추공양전고증春秋公羊傳考證』(권28)에 의하면, 공자가 역사서인 『춘추春秋』를 지은 뜻은 바로 역사를 통해 어지러운 현실을 올바르게 돌리기 위해서라고 했다. 현실이 어렵더라도 역사를 읽는 민족과 나라는 사라지지 않는 법이다.

9. 암송과 이해 사이에서의 책읽기

讀 書 三 到

독서삼도 : 독서란 눈과 입에 완전히 익고 마음으로 이해해야 비로소 얻는 바
가 있다는 뜻.
　　　　　　　　　　　　　　　　　　－주희(朱熹), 『훈학재규(訓學齋規)』

　고등학교 시절, 국어 시간은 매번 우리를 곤혹스럽게 만들었다. 시
골 중학교를 막 마치고 주변의 중소도시에 있는 고등학교에 들어
갔을 때, 나는 새로운 세계를 만나는 즐거움과 약간의 설렘을 가지
고 있었다. 그런데 첫날 국어 시간은 너무나 당혹스러웠다. 큰 몸집
에 검은색 뿔테 안경을 쓴 국어 선생님은 이렇게 선언하셨다. "앞
으로 국어 교과서에 나와 있는 모든 작품을 암기해야 한다. 단 설
명문이나 논설문과 같은 글은 암기에서 제외한다."
　이게 무슨 말인가. 나는 내 귀를 의심했다. 그러나 그 의문을 풀
기도 전에 나는 교과서 첫 단원에 수록되어 있던 박두진과 이수복
의 시를 외워야만 했다. 시의 즐거움을 미처 알기도 전에 우리는

교과서의 작품을 날것 그대로 머릿속에 집어넣어야만 했다. 수업 중에 선생님께서는 마치 우리의 방심에 날카로운 비수를 날리듯 암기한 상황을 점검하셨고, 그 질문은 누구에게 떨어질지 몰라 수업 시간 내내 노심초사하면서 마음을 졸였다. 그렇게 현대 시를 배우는 단원이 끝나기 무섭게 민태원의 수필 「청춘예찬」을 외우느라 정신을 차릴 수 없었다. 그런 식으로 암기를 하다 보니 어떻게 국어 시간이 지났는지 기억도 나지 않았고, 어느새 한 학기가 훌쩍 지나고 있었다.

암기를 위주로 하는 국어 수업은 그 뒤에도 계속되었다. 이상하게도 고등학교 2학년까지 같은 방식을 고수하는 선생님을 만난 덕에 우리는 대부분의 작품을 외우게 되었다. 고전 문학이든 현대 문학이든, 수필이든 「기미독립선언문」 같은 비문학 분야의 글이든, 우리 앞에 버티고 있는 작품은 무엇이든 깡그리 외워 버렸다. 그게 무슨 뜻인지, 그 속뜻에서 감동받을 수 있는 요소가 무엇인지 생각할 여지도 없었다. 수업 시간에 내가 지목되면 그냥 외워야만 했고, 외우면 그만이되 외우지 못하면 가차 없이 점수를 깎여야만 했다.

다행스럽게도 그런 각박한 환경 속에서도 내가 문학에 대한 관심과 열의를 꺾지 않았던 것은 아마도 교과서 밖의 책들을 꾸준히 읽으면서 새로운 세계를 경험하는 즐거움을 일찍 알았던 탓일 것이다. 교과서를 외우 는 한편 새로운 문학 작품을 통해서 좁은 교실을 넘어 세계와 우주를 넘나드는 그 즐거움은 암기 수업의 괴로움을 잊게 해 주었다. 그런 경험 탓인지 나중에 국어 교육을 공부하면서 암기식 수업이 얼마나 폭력적인지, 작품 해석과 감상에서 얼마나 동떨어진 방법인지 절감하게 되었다. 그런데 세월이 흐르면서 나는 그 암기식 수업 방법에 대해 다시 생각하게 되었다. 과연 암기식 수업 방법은 비난의 대상이기만 한 것일까? 옛 선인들은 암송이 모든 공부의 기본이었는데, 그들은 왜 그런 방법을 비난하거나 거부하지 않았던 것일까?

안정복安鼎福의 기록에 의하면, 조선 후기의 학자인 신후담愼後耼은 글 읽기에 대하여 이런 말을 한 적이 있다. "성현의 글은 만 번쯤 읽지 않으면 그 의미를 알 수 없다. 백 아름쯤 되는 굵은 나무를 베려고 마음을 먹었다면 반드시 큰 도끼로 찍어야 벨 수 있을 것이다. 마찬가지로 성현의 말씀은 평범한 책들과는 그 깊이가 비교할 수 없기 때문에, 그 뜻을 파악하고 자신의 것으로 만들기 위해서는 만 번은 읽어야 한다. 그런데 요즘 사람들은 여러 차례 읽기가 힘드니 한두 번 대강 훑어보고는 마치 그 의미를 다 안다고 자부한다. 이것은 큰 나무를 벤다고 하면서 낫을 들고 껍질이나 벗기다가 그만두는 것과 다를 바 없다."

그의 발언에 걸맞게 신후담의 독서 이력은 참으로 대단하다. 그는 후손들에게 자신의 독서 이력을 글로 남겨서 경계로 삼도록 했다. 그 글에 의하면 『중용』은 만 번을 읽은 뒤로는 숫자를 세지 않았다고 한다. 『서경』과 『주역』은 수천 번을 읽었고, 『논어』『맹자』

는 천 번을 넘게 읽었으며,『노자』『장자』는 수백 번,『예기』『춘추』
는 수십 번,『주자대전』『성리대전』은 평생토록 읽었다고 한다. 그
외에도 많은 책들의 읽은 횟수를 기록해 놓았는데, 정말 입이 떡
벌어질 정도다. 물론 이보다 더한 사람도 있다. 널리 알려진 것처
럼, 김득신은 자신의 능력이 남보다 떨어진다고 생각해서 밤낮으
로 공부를 하며 책을 읽었는데, 특히 사마천이 쓴「백이전」을 좋아
하여 1억 1만 8천 번을 읽었다고 한다. 이 정도면 대부분의 글은 암
기하고 있었을 것이다. 그래서 자신의 집 이름을 '억만재億萬齋'라고
붙였다.

안정복은 위와 같은 내용을 기록하면서 책 읽기가 얼마나 중요
한지 여러 차례 강조한다. 그러면서 책을 읽는 동안 가장 중요한
것은 글의 내용을 정확하게 파악하는 것이라고 했다. 괜히 자신의
좁은 생각으로 책의 내용을 함부로 해석하면서 왜곡시키는 것은
위험하다는 말이다.

근대 이전 지식인들의 독서 방식을 보면서 우리는 마음 한켠에
얕잡아 보는 시선을 가지고 있다. 무식하게 외우기만 하면 공부가
되느냐는 것이다. 물론 지금 우리의 시각으로 볼 때 암송이란 효율
적이지 못한 공부 방법일 수도 있다. 내용을 이해하고 원리를 알면
그것으로 족하며, 그 공부가 개인의 상상력과 만나서 자유롭고 창
의적인 사유를 만들어 내도록 하는 것이 최고의 공부라고 우리는
생각한다. 암송에 의한 방식은 자칫 개인의 자유로운 생각의 발현

을 막고 개인의 사고를 규격화함으로써 넓은 학문의 세계로 나아가는 것을 막는다고도 한다. 맞는 말이다. 그러나 다시 생각해 보면, 어떤 공부든 막론하고 외우는 것이 완전히 배제된 공부가 어디 있겠는가. 중요한 개념이나 이론가, 그들의 이론적 모형, 중요한 발언 등은 외우고 있어야 그 토대 위에서 자신의 새로운 생각을 펼쳐 나갈 수 있을 게 아닌가.

'독서삼도讀書三到'라는 말이 있다. 주희朱熹의 『훈학재규訓學齋規』에 나오는 말로, 책을 읽을 때 마음이 이르러야 하고(심도心到) 눈이 이르러야 하고(안도眼到) 입이 이르러야(구도口到) 비로소 얻는 것이 있다는 의미다. 암기식 방법이 완벽하다거나 적극적으로 권장해야 하는 것은 아니지만, 책을 읽으면서 눈과 입에 올라 익숙해지지 않는다면 어찌 마음에 깊이 각인되어 그 책의 내용을 이해할 수 있겠는가.

공부의 기본은 역시 책 읽기에서 시작한다. 중요한 책이라면 열 번, 백 번이라도 읽어서 깊이 있고 단단한 학문의 토대를 만들어야 한다. 똑같은 책을 많이 읽어야 한다는 것이 아니라 좋은 책을 찾아서 다양하게 읽는 독서 풍토, 독서량을 높이기 위한 노력 등이 생활 속에서 자연스럽게 형성되어야 학문의 미래를 점칠 수 있다. 근대 이전의 독서광들이 그저 책만 읽었던 것이 아니라 그렇게 읽은 책을 자신의 힘으로 삼아서 좋은 문학적, 학문적 성과를 남겼다는 점을 기억해야 한다.

10. 자벌레가 몸을 굽히는 까닭

척확지굴 : 자벌레가 자신의 몸을 굽히는 것은 몸을 펴서 앞으로 나아가기 위함이라는 뜻으로, 현재의 어려움이나 곤란을 겪는 것은 훌륭한 미래를 만들어 가기 위한 시련이라는 의미.
『주역(周易)』

신록이 푸르다. 연녹색 여린 잎들이 작은 손을 막 펴는 듯 생명력이 넘쳐흐르던 4월이 지나자 이제는 제법 짙푸른 빛의 잎들이 여름을 예고하는 듯하다. 녹음이 곧 짙어 오리라는 것을 은근히 알려주듯 어느새 주변 산들은 깊은 푸름으로 가득하다. 이즈음의 산길에는 산책의 즐거움이 넘실거린다. 느긋한 발걸음을 옮기면서 여기저기 눈을 돌리노라면 곳곳에 생명들의 아우성과 몸짓이 느껴진다. 이름 모를 작은 꽃부터 아름드리나무에 이르기까지, 옅은 갈색의 조막만 한 산새부터 잎 뒤에 숨어 있는 휘파람새에 이르기까지, 그들은 저미다의 방식으로 생명을 노래한다.

그렇지만 언제나 이 산책이 느긋하고 여유로운 건 아니다. 사실

나는 산에서 뱀을 만나는 것보다 자벌레를 보는 걸 더 징그러워하는 편이다. 어쩌다 길에 떨어졌는지 부지런히 자기 갈 길을 가느라고 바삐 몸을 움직이는 녀석을 만나기도 하지만, 나뭇가지인 양하면서 미동도 하지 않다가 내 몸과 나뭇가지가 부딪히기라도 하면 성큼성큼(!) 움직이는 녀석도 만난다. 어떤 경우라도 나는 자벌레를 보면 깜짝 놀라곤 한다. 온몸을 반으로 접은 뒤 다시 온몸을 활짝 펴서 앞으로 나가는 걸 보면서 내심 흠칫 놀라기까지 한다. 옛사람들이라고 해서 어찌 자벌레가 귀여웠겠는가. 그러나 선현들은 자벌레의 모습에서 최선을 다해 앞으로 나아가는 자세를 배우려 했다.

요즘 들어서 어려운 환경을 넘어서 성공 신화를 구현한 사람들의 이야기를 자주 듣는다. 한 분야에서 그 나름의 명성을 얻는 사람을 더러 볼 수는 있지만, 그런 사람이 되는 것은 매우 어렵다. 그런 사람을 초청해서 이야기를 듣기도 하고 그들의 이야기에 감동을 받는 것은 우리 역시 그런 사람이 되고 싶다는 소망을 간직하는 일이며, 그런 사람이 될 수 있다는 희망을 가지는 일이며, 그런 사람을 멘토로 삼아 꾸준히 노력하는 삶을 살아가겠노라는 다짐을 해 보는 일이기도 하다. 평범한 사람으로서야 언감생심 그런 경지를 꿈꿀 수 있겠는가마는 열심히 노력하는 계기로 삼아 내 삶을 새롭게 하는 자료로 삼을 수는 있을 것이다. 중요한 점은 내가 어떤 사람을 나의 멘토로 삼을 것인가를 깊이 생각해 보는 일이다.

취업난을 걱정하는 것이 어제 오늘의 일은 아니지만, 그러한 청춘을 절망하기만 하는 것도 청춘에 대한 예의는 아닐 것이다. 젊은 시절 어떤 어려움이나 모멸도 견디면서 절치부심했던 사람들이 있다. 유방을 도와 한나라를 건국하는 데에 일등공신이 되었던 한신은 젊은 시절 무뢰배들의 가랑이 사이를 기어간 적이 있었으며, 십대에 어머니를 잃은 율곡 이이는 금강산에 들어가 일 년가량을 지내면서 마음을 다스리기도 했다. 정도의 차이가 있을 뿐, 어려움을 극복하고 새로운 길을 개척한 이야기는 누구에게나 한두 가지씩은 있다. 사회적으로 존경을 받는 멘토들이 역경을 극복하는 이야기도 그러한 것과 비슷한 맥락에서 이해할 수 있다.

어려움이란 나를 좌절시키기도 하지만 성장하도록 도와주기도 한다. 그것을 어떤 것으로 만드는가는 상당 부분 나의 몫이다. 그 어려움을 딛고 험한 고개를 넘거나 새로운 길을 개척하는 것, 그것이야말로 숙명과도 같은 사람의 길이 아닐까. 자기의 몸이 가장 낮은 땅에 있다고 하더라도 그것은 새로운 희망의 터전이 될 수 있다. 가장 높은 곳에서는 더 이상 오를 곳이 없지만, 가장 낮은 땅에서는 내가 무엇을 하든 위로 올라가 성장할 수 있기 때문이다. 자벌레의 전진은 바로 그런 희망의 몸짓을 보여 준다. 온몸을 완전히 접는 것은 웅크리기 위함이 아니라 몸을 한껏 펼쳐서 앞으로 나아가기 위함이 아니던가.

『주역周易』에 보면 '척확지굴尺蠖之屈'이라는 말이 나온다. 자벌레가 자신의 몸을 굽히는 것은 몸을 펴서 앞으로 나아가기 위함이라는 뜻으로, 현재의 어려움이나 곤란을 겪는 것은 훌륭한 미래를 만들어 가기 위한 시련이라는 의미로 사용하는 단어다. 우리의 젊음이 때로는 누추하고 비루해 보일지라도 새로운 삶의 길을 개척하여 빛나는 미래로 가는 길목이라는 점을 생각한다면, 자벌레가 몸을 굽히는 것과 같이 언젠가는 온 젊음을 활짝 펴서 앞으로 나아갈 수 있을 것이다.

11. 찬 음식을 먹을 때도 후후 불어 먹는 사람들

懲　羹　吹　虀

징갱취제 : 뜨거운 국을 마신 사람은 찬 음식을 먹을 때에도 한 번 불어서 먹는다는 뜻으로, 지나치게 조심하고 두려워한다는 의미.

「초사구장(楚辭九章)」「석송(惜誦)」

새 학기가 시작된 교정은 활기가 넘친다. 언제 보아도 풋풋한 신입생들은 여전히 낯선 표정으로 학교 곳곳을 돌아다닌다. 자기는 짐짓 신입생의 태를 보이지 않으려고 애쓰지만, 그 모습이 더 신입생답다. 그들의 얼굴이 빛나 보이는 것은 아마도 젊음 때문일 것이고, 그 모습이 어여뻐 보이는 것은 옛날 내 스무 살 시절이 떠오르기 때문일 것이다. 나도 저렇게 낯선 몸짓으로 교정을 돌아보던 시절이 있었기 때문이다.

　요즘 대학생들은 정말 바쁘다. 학교마다 형편은 좀 다르겠지만, 취업률을 높이려는 방안의 하나로 여러 가지 제도를 도입해서 학생들의 학력을 신장시키려고 한다. 외국어 시험을 보아서 일정 점수를 요구한다든지, 해외나 다른 연수 기관의 교육 프로그램에 참여하는 것을 필수로 만든다든지, 독서 프로그램이나 컴퓨터 과정을 이수하도록 하는 등 학교가 학생들에게 요구하는 강도는 점점 높아진다. 학교의 의도와 학생들의 필요가 가장 이상적으로 만난다면 이보다 좋은 현상이 어디 있겠는가.

스무 살 무렵 대학생의 특권이라면 무엇이 있을까. 내 생각에는 '모험심'이 아닐까 싶다. 고등학교까지는 꽉 짜인 생활 속에서 세상을 향한 자기실현 욕구를 제대로 펼치지 못했을 것이고, 대학을 졸업하고 취업을 하게 되면 다시 자신의 자유로운 생각을 펼칠 기회를 가지기 힘들어진다. 대학 4년이 그들에게는 자유로운 사유와 정신적 방황을 할 수 있는 시기다. 많은 책을 읽고 많은 사람을 만나고 운동을 하고 여행을 즐겨야 한다. 상상력은 그렇게 해서 길러진다. 인간의 무한한 능력이 계발되는 것 역시 이 시절이다. 우리가 젊음을 부러워하는 것도 모두 이 때문이다. 이 시절에는 어떠한 시행착오를 겪더라도 낙오자가 되지 않는다. 젊은이라는 이유 때문에 오히려 그것은 빛나는 경험으로서 인생살이의 풍요로운 자산이 된다.

이른 나이에 실패를 경험한 학생들의 태도에서 나는 조심스러움을 자주 읽는다. 재수를 하거나 편입을 한 학생들에게서 특히 자주 보인다. 조심스러움 속에는 실패에 대한 두려움과 다른 사람에 비해 늦게 공부하고 있다는 조바심이 숨어 있다. 그러니 조그만 실수에도 금세 표정이 변하고 쉽게 제도 속으로 안주하게 된다. 그러나 다시 살펴보면 그리 늦은 것도 아니다. 긴 인생길에서 몇 년 정도야 충분히 극복할 수 있을 것이다. 시선을 조금만 돌려 보면 오히려 그 상황을 자신의 좋은 밑천으로 만들 수도 있다.

학생들만 그런 것은 아니다. 나이가 들수록 조심스러워지는 것은 인지상정이다. 특히 대학 사회는 어떤 일을 시작할 때 먼저 굉장히 많은 가능성을 점검한다. 물론 이러한 자세는 아무리 강조해도 지나치지 않는다. 그러나 새로운 아이디어를 내고도 그것을 시행하기 전에 미리 부정적 가능성을 염두에 두다 보면 어떤 일도 이루지 못한다. 제도 때문에, 혹은 현실의 편안함에 안주하는 바람에 내 가슴속의 모험심과 창조적 상상력을 제대로 펼치지 못하는 것은 아닌지 돌아보아야 한다.

모험심이라고 해서 반드시 어디론가 떠나거나 몸으로 부딪쳐야 하는 것은 아니다. 오히려 새로운 이론을 만들어 내려는 정신적 유목이 더욱 필요하다. 책상 앞에 앉아 세계와 대화하면서 새로운 논의를 펼칠 자신감을 가지는 것, 그것을 실천하는 것, 내 마음을 열고 미지의 세계로 뛰어 들어가 사유의 자유로움을 만끽하는 것, 이것이야말로 학인學人으로서의 자세. 보이지 않는 칼날에 무수히 암습당하면서 나도 모르게 발걸음을 앞으로 내딛지 않게 되기 십상인 것이 대학 사회다. 그렇지만 동시에 그것이 학인에게 주어진 운명이다. 운명에 순응하기보다는 내 힘으로 새로운 운명을 만들어 나가는 것, 그 이면에 바로 모험 정신이 자리한다. 그러기 위해 우리는 정신적 유목이 필요하다.

　뜨거운 국을 먹다 입을 덴 사람은 냉채를 먹을 때도 후후 불어 가면서 먹게 된다. 자라 보고 놀란 가슴 솥뚜껑 보고 놀라는 심정이다. 그 마음에 얽매여 꼼짝하지 못할 때 학인으로서의 학문적 창조성이나 상상력은 사라져 버린다. 그 지점에서 과감히 한 걸음 앞으로 나아가는 용기가 필요하다. 그것이 모험심이요, 낭만이요, 정신적 방황과 성숙일 터이다. 창조적 상상력은 바로 그러한 과정에서 계발된다.

12. 수레를 따라다니는 이중인격자들

수가은사 : 천자의 수레를 따라다니는 은거 선비. 즉, 겉으로는 고고하게 은거하여 지조를 지키는 듯하지만 속마음은 언제나 권력을 향해 있는 사람을 일컫는 말.
-「당서(唐書)」「노장용전(盧藏用傳)」

내가 배운 것을 삶 속에서 그대로 실천하기란 정말 어렵다. 성인을 우러르고 그들의 삶을 따라 배우려는 것도 그렇게 살아가지 못하는 우리 자신을 돌아보기 위한 것이리라. 어쩌면 영원히 도달하기 불가능한 목표일지도 모를 그 무엇인가를 찾아서 부단히 노력하는 것이 우리의 삶인지도 모르겠다. '선생'이라는 것이 무엇인가 하는 물음을 언제나 품고 사는 내게, 지행합일知行合一에 대한 부끄러움은 시도 때도 없이 나를 덮친다.

생각해 보면 말대로 실천하지 못하는 것이 어디 한두 가지랴. 아침에 한 약속도 저녁이면 지키지 못하는 일이 많은데, 거대한 목표치야 언감생심 바랄까 보냐.

연구와 교육에 전심전력하는 것이 선생이다. 바른 언행으로 제자들을 이끌고, 세상에 쓴소리를 사심 없이 낼 수 있어야 한다. 그러기 위해 우리는 끊임없이 학문을 닦는다. 겉으로는 세상의 올바른 말을 다 하면서도 정작 자기 앞에 이익이 놓이면 어떤 비열한 짓을 하더라도 쟁취하고야 마는 인간들이 있다. 그런 사람들은 적어도 '선생'이 되어서는 안 된다. 타락한 생활 위에 근엄한 겉옷을 입은 이들이 오히려 교육계를 좌지우지한다면 그 집단의 미래는 암울하다.

당나라 노장용盧藏用은 산속에 은거하면서도 언제나 세상에 나설 기회를 엿보았기 때문에 당시 사람들이 그에게 천자天子의 수레를 뒤따라 다닌다는 뜻에서 '수가은사隨駕隱士'라는 별명을 붙였다. 겉으로는 비판적 지성인 체하면서 권력자들의 꽁무니만을 좇는 이들, 그런 이들을 이용하여 자신의 권력적 욕구를 채우려는 이들이 세상을 횡행하는 한 우리에게 미래는 없다.

5부。

지위가 오를수록
필요한 네 글자

1. 작은 생선을 요리하는 마음

若烹小鮮

약팽소선 : 작은 생선을 삶듯이, 자연스럽게 흘러가는 대로 두는 것이 중요하다.

-「노자(老子)」60장

『노자老子』를 보면 이런 구절이 나온다. "큰 나라를 다스리는 것은 작은 생선을 삶는 것과 같다治大國, 若烹小鮮." 무엇이든 자연스럽게 두면서 지켜보는 것이 가장 좋은 정치라는 의미다.

딱히 입맛이 없을 때면 더러 찾는 매운탕 집이 있다. 식당 주변 경치도 좋을 뿐만 아니라 주인의 인심도 좋아 한 끼 식사에 마음이 푸근해지곤 한다. 그러나 무엇보다 그 집에서의 식사가 흐뭇한 것은 음식을 다루는 주인의 정성 때문이다.

그 집 주인은 음식이 익을 무렵이면 식탁을 계속 오가면서 손님들이 매운탕에 손도 못 대게 야단이다. 생선이 그대로 모양을 유지한 상태에서 잘 익어야 하는 것은 물론이거니와, 으깨지지 않게 잘

떠서 맛을 볼 때에만 비로소 그 요리의 참맛을 즐길 수 있다는 게 그의 주장이다. 미식가 축에는 끼지도 못하는 내게 주인의 이야기가 얼마나 신빙성이 있는지는 잘 모르겠다. 다만 그가 자신의 요리에 최선을 다하며 생선의 모양을 잘 유지시키고 맛을 잘 내려는 정성에 감동할 뿐이다.

작은 생선을 삶아 보면 생선의 모양에 조금도 흠이 가지 않도록 하는 것이 얼마나 힘든 일인지 쉽게 알 수 있다. 어떤 요리건 마찬가지겠지만, 생선 매운탕의 경우 수시로 뚜껑을 열어 보면서 젓가락으로 속을 휘젓는다면 생선의 모양을 유지하는 것은 고사하고 그 맛도 엉망이 될 것이다. 되도록 요리가 익을 때까지 그대로 두고 기다리는 마음이 중요하다.

시대가 급변하면서 대학 환경도 빠르게 변화하고 있다. 변화의 와중에서 어떻게 살아남을 것인가, 어떻게 좋은 교육 환경과 좋은 결과를 만들어 낼 것인가 하는 것은 모든 대학의 관심사다. 그 목표를 위하여 각 대학은 수많은 규정과 새로운 제도를 개발하고 시행하느라 야단법석이다. 그러나 자칫 목표치를 향해 잘 가고 있는 구성원들을 휘저어서 엉뚱하고 맛없는 요리를 만드는 것은 아닌가, 하고 반성해 볼 필요가 있다. 규정이나 제도는 높은 목표에 도달하기 위한 징검다리일 뿐이지 그 자체가 목적은 아니다. 공부하고 가르치느라 정신없을 학교 구성원들이 행여 새로운 규정을 익히느라 정신 빼는 일은 없었으면 하는 마음이다.

2. 나무를 옮기고 황금을 받다

徒 木 之 信

사목지신 : 아무리 작은 약속이라도 반드시 지킨다는 의미.
-『사기(史記)』「상군열전(商君列傳)」

상앙商鞅이 진秦 효공孝公에게 등용된 것은 여러 차례 면담을 한 뒤의 일이었다. 상앙이 처음 효공을 만났을 때 오제五帝와 삼왕三王의 정치를 하도록 권했으나 번번이 거절당했다. 세월이 어지럽고 전쟁이 끊이지 않는 시대에 백성들을 마음으로부터 심복하도록 만드는 정치를 어느 세월에 하겠느냐는 생각에서였다.

효공이 상앙의 정책에 깊이 감복하여 그를 등용한 것은 패도霸道로 설파한 상앙의 논리 때문이었다. 예전과는 달리 효공은 밤이 늦도록 그와 이야기를 나누고 싶어 했으며, 자신도 모르는 사이에 무릎걸음으로 상앙의 앞까지 바짝 다가가서 그의 이야기를 경청하였다. 패도란 무엇인가. 바로 힘의 논리에 의한 정치를 주장하는 것이 아니던가. 백성들을 마음으로 감복시키는 것이 아니라 힘으로 누르는 것이 바로 패도의 본질이다.

법가法家의 대표적인 사상가로 꼽히는 상앙을 근대 이전의 지식인들이 곱게 보았을 리 없다. 특히 조선의 선비들은 형법에 의지해서 백성들을 다스리는 행위를 비판적 시선으로 보았다. 그러나 힘을 통해서 통치를 하지만 그것의 목표는 부국강병에 있었으니, 다른 한편으로 보면 어지러운 시대를 헤쳐 나가기 위한 국가의 전략적 측면이 강하게 반영된 것이기도 했다. 그 목표를 실현하기 위해서는 필수적인 요소가 여러 가지 있겠지만, 역시 '신의'가 가장 중요한 덕목이었을 것이다. 사회 구성원들 사이에, 혹은 임금과 신하 사이에, 관리들과 백성들 사이에 믿음이 없다면 어떤 정책도 실현되기 어려운 것은 당연한 일이다. 상앙은 어떻게 백성들의 믿음을 이끌어 냈을까.

상앙이 법령을 제정하였지만 백성들의 불신을 염려한 탓에 아직 반포하지 못하고 있을 때였다. 그는 백성들의 믿음을 얻기 위해서 일을 하나 벌였다. 세 길쯤 되는 나무를 도성의 남문 앞 저잣거리에 세워 놓은 다음, 그 광경을 구경하러 나온 백성들에게 말했다. "이 나무를 북문 앞으로 옮기는 사람이 있다면 황금 10근을 상으로 내리겠다." 사람들이 웅성거렸다. 황금 10근이라니, 어마어마한 양의 황금이었다. 그것만 있으면 평생을 떵떵거리며 살 수 있었다. 그렇지만 의심스러운 마음도 들었다. 대단히 어려운 일도 아니고, 고작 나무 하나를 남문에서 북문으로 옮기는 일에 황금 10근을 상금으로 내건 것은 뭔가 수상쩍은 일이 아닐 수 없었다. 나라에서 왜 저렇게 쓸데없는 짓을 한단 말인가. 황금을 준 다음에 뭔가 이상한 일을 꾸며서 도리어 자신들을 괴롭히려는 수작이 아닐까. 오만 가지 생각이 뇌리를 스쳤을 것이다. 너무 쉬운 일에 막대한 상금이 걸리자 사람들은 선뜻 앞으로 나서지 못하고 웅성거리기만 했다. 상앙은 다시 백성들에게 말했다. "상금을 50근으로 올리겠다."

바로 그때, 어떤 사람이 앞으로 나서더니 그 나무를 끌고 북문으로 가기 시작했다. 사람들은 사태의 추이를 지켜보느라 그 뒤를 따랐다. 한 사람은 긴 나무를 끌고, 그 뒤로 수많은 인파가 따라갔다. 잠시 후 북문 앞에 도착한 그 사람은 나무를 문 앞에 세웠다. 그러자 즉시 황금 50근을 그 사람에게 지급한 뒤 상앙은 궁으로 돌아가서 법령을 공포했다. 별것 아닌 일에 막대한 황금을 상으로 걸어놓은 것도 대단했지만, 두말없이 상금을 지급하는 상앙의 모습에서 백성들은 일종의 믿음을 가지게 되었다. 그 믿음을 바탕으로 상앙은 자신이 만든 법령을 널리 공포한 것이다. 그렇게 해서 법에 의한 통치가 시작되었고, 그것이 진나라가 부국강병을 이룩하는 계기가 되었다.

'사목지신徙木之信'이라는 고사성어가 바로 여기서 유래하였다. 나무를 옮긴 일로 생겨난 신의라는 의미로, 사마천의 『사기史記』「상군열전商君列傳」에 나오는 이야기다. 이것이 단순한 옛이야기로 읽히지 않는 것은, 우리가 살아가는 이 시대가 신의가 없어진 것 같은 생각이 들기 때문이다. 정치인이 정책을 제시해도 국민들이 믿지 않는 시대, 선생이 진리를 이야기해도 학생들이 믿지 않는 시대가 아닌가 싶다. 부모가 신의를 잃고 사업가가 신의를 잃고 친구들 사이에 신의를 잃고 군인들이 신의를 잃은 시대는 아닌지 반문해 보아야 할 때이다. 성실함이 인정받지 못하고 열정이 불신되는 시대에 우리가 해야 할 일은 무엇인가. 내 자신의 삶을 돌아보면서 내 행동은 주변의 지인들에게 어떤 믿음을 주고 있는지 생각해 본다.

3. 자기 귀를 막는다고 종소리가 사라지진 않는다

掩耳盜鐘

엄이도종 : 자기 귀를 막고 종을 훔친다는 뜻. 자기가 한 일이 잘못된 것은 생각하지 않고 오히려 다른 사람의 비난이나 비판을 두려워한다는 의미.

－『여씨춘추(呂氏春秋)』

'다사다난'하지 않았던 해가 어디 있겠는가마는 지나온 한 해를 돌아볼 때마다 많은 곡절과 눈물과 웃음이 스며 있음을 느낀다. 특히 경제적인 어려움을 극복하지 못했을 때 국민들 대다수가 느꼈을 괴로움은 형언하기 어렵다. 더욱이 정부가 국민들의 괴로움을 공감하기는커녕 빠져나갈 궁리만 한다고 생각되면 깊은 절망감을 느끼게 된다. 매번 발표되는 경제 수치는 선진국에 거의 가깝다고 하는데 우리의 살림살이는 갈수록 팍팍해진다면 정부와 국민 사이의 괴리감은 더욱 심화될 것이다. 우리가 지난 한 해 동안 느낀 어려움은 그 괴리감이 극복하기 어려운 지경에 이르렀다는 것에서 비롯된 듯싶다. 게다가 그동안 시행된 정책이 국민들에게 어떻게 받아들여지고 어떤 결과로 나타나는지에 대한 구체적인 파악이 없으니 다른 것이야 더 말할 나위도 없다.

춘추시대 진晉나라 범무자范武子의 후손이 다스리던 나라가 망할 위기에 처했다. 그때 백성 가운데 한 사람이 종을 짊어지고 도망가려고 했다. 그러나 종이 너무 커서 짊어지고 가기 어렵자 망치로 그것을 깼다. 종은 큰 소리로 울려 퍼졌고, 그 백성은 다른 사람이 종소리를 듣고 와서 종을 빼앗아 갈까 봐 두려웠다. 급기야 그는 자신의 귀를 막고 종을 깼다고 한다. 『여씨춘추呂氏春秋』에 나오는 일화다. 자기 귀를 막고 종을 훔친다는 뜻의 '엄이도종掩耳盜鐘'은 자기가 한 일이 잘못된 것은 생각하지 않고 다른 사람의 비난이나 비판을 두려워한다는 의미로 사용된다. 송나라의 유학자 주희는 이 일화를 인용하면서 종소리가 다른 사람에게 들리는 것이 두려워 자신의 귀를 막는 짓은 지도자가 해서는 안 되는 일이라고 하였다. 이 사자성어는 『통감기사본말通鑑紀事本末』, 『문헌통고文獻通考』를 비롯한 많은 문헌에 널리 사용되었다.

우리의 현대사를 돌아보면 정치권의 행태 때문에 국민들이 겪은 고통은 이루 말할 수 없을 정도였다. 물론 좋은 정책으로 국민들의 마음을 시원하게 한 적도 있었지만, 해방 이후 현대사의 여정에는 지도자들의 독재와 오만이 곳곳에 숨어 있다. 권력을 쥘 때까지는 국민을 위해 무엇이든 할 것처럼 굴다가도, 막상 권력을 쥐면 자신이 국가의 주인이라도 되는 양 마구 행동한다. 정치를 시작했던 초심은 온데간데없이 사라지고, 자신의 이익을 위해 추악한 짓도 마다하지 않는다. 국민들과의 소통을 중시해야 하는데 조금만 쓴소리를 하면 돌아보지도 않고, 자신의 부정부패가 발각되어 국민들의 비난이 들끓어도 아랑곳하지 않는다. 여론의 향배에 관계없이 자신들의 생각만 발표하고 나면 그뿐이었다. 그저 들끓는 여론 앞에서 잠시 고개를 숙였다가 다시 예전의 행태를 되풀이할 뿐이었다.

남의 비난에 귀를 막고 자기 행동만을 옳다고 여기는 것은 남을 속이는 것이면서 동시에 자기 자신을 속이는 일이다. 이런 경우 소통할 의지도 없고 능력도 없다. 인간 개인도 그렇게 살면 안 되는데, 하물며 지도자임에랴. 내가 무슨 짓을 하고 있는지 돌아보는 반성적 사유야말로 지성인의 요건이다. 내 귀는 열려 있는지 확인해 볼 일이다.

4. 해바라기를 걱정하는 마음

漆室之憂

칠실지우 : 칠실에 사는 여인의 근심이라는 뜻으로, 나랏일을 걱정하는 것을 말함.

-유향(劉向), 『열녀전(列女傳)』

고전 문학 연구자가 사회의 변화를 제대로 따라잡는다는 것은 참 난망한 일이다. 무엇인가에 익숙해지는가 싶으면 어느새 새로운 것들이 출현해서 나를 당황하게 만든다. 책상물림이라서 손으로 무언가를 만지는 일에 서툴러서 그런 것만은 아니다. 열심히 습득하면 어느새 새롭고 화려한 기술로 치장한 것들이 등장하여 저편에서 나에게 손짓한다. 당연히 고민이 생긴다. 계속 저들의 손짓을 따라갈 것인가, 아니면 모른 체 눈길을 밑으로 깔고 그냥 세상의 물결에 뒤로 밀려날 것인가. 그 고민의 뒤에는 현실이 우리에게 요구하는 무수한 것들을 무시하기에는 더 이상 물러날 곳이 없다는 점이 작동하고 있다. 애써 외면하려 하지만, '그럼에도 불구하고'

현실은 나에게 끊임없이 질문을 하고 그에 대한 답을 요구한다.

빛의 속도로 달라지는 사회 현실을 고전 연구자가 함부로 논단하는 것은 자칫 선무당의 수준일 수 있다. 그러나 현실을 보고 있자면, 현실 속에서 이리저리 부대끼다 보면 나도 모르게 사회 현실에 대한 생각을 표현하게 되고 나아가 일부분에 대해서는 우려 섞인 눈초리를 던지지 않을 수 없다. 그것이 비록 우회적이고 원론적인 차원이라 하더라도 말이다.

춘추 시대 노魯나라 칠실漆室에 한 여인이 살고 있었다. 그녀는 언제나 기둥에 기대서 한숨 쉬는 것이 일과였다. 이웃집 여인이 그 이유를 묻자 이렇게 말했다. "임금은 나이가 많고 태자는 어리니, 마음에 짐이 되는군요." 어째서 그것이 걱정이냐고 물었더니, 그녀는 이렇게 대답했다. "옛날 저희 집에 손님이 오신 적이 있었습니다. 그분이 타고 온 말이 정원의 해바라기를 모두 짓밟아 버렸지요. 그 때문에 저는 그 이후로는 해바라기 맛을 본 적이 없습니다. 만약 노나라에 어려움이 생긴다면 우리 같은 여자들이 난을 피하기가 어렵지 않겠습니까?"

당시 노나라는 목공穆公이 다스리고 있었는데, 그는 나이가 많았고 태자는 어린 상태라 정치가 매우 불안정했다. 백성 된 처지에 그 현실을 걱정하는 것은 당연한 이치다. 유향劉向의 『열녀전列女傳』에 수록되어 있는 이 일화에서 나온 고사가 '칠실지우漆室之憂'인데, 나랏일을 걱정하는 것을 의미한다. '우규憂葵(해바라기를 걱정함)'라고도 한다.

정치와 전혀 관련이 없는 지방의 한 여인이 시대를 걱정하면서 매일 한숨으로 세월을 보내는 것은 얼핏 지나친 근심처럼 보이기도 한다. 그러나 춘추전국 시대의 정치 현실에서 여성은 완전히 소외된 존재가 아니었던가. 세상이 얼마나 어지러우면 시골의 여인네까지도 걱정하겠는가 하는 생각이 든다. 그 여인의 마음을 조금이나마 이해할 수 있었던 것은 아마 내 처지가 그리 다르지 않기 때문이다. 사회가 복잡하고 다양할수록 각 분야에서 개인이 맡은 역할의 중요도는 높아진다. 마치 그물코 하나가 풀어지면 그물 전체가 한꺼번에 찢어지듯이, 우리 사회 역시 마찬가지다. 자신이 해야 할 역할을 제대로 하지 못하는 순간 우리 사회가 소리 없이 무너지는 것은 뻔한 이치다. 학생이 공부에서 멀어지고, 선생이 가르치는 것에서 멀어지고, 군인이 국방에서 멀어지고, 경찰이 치안에서 멀어진다면 나라꼴이 어찌 될지 눈에 훤히 보인다. 마찬가지 논리로, 정치인이 정치의 본질에서 멀어진다면 누구나 이 땅의 정치를 걱정하고 우리의 미래에 대해 불안감을 가질 수밖에 없다.

두 사람 이상만 모이면 자주 대화의 주제로 등장하는 것이 정치다. 웬만한 사람들은 이 땅의 정치 현실에 대해 상당한 식견을 가지고 있고, 자신의 생각을 피력할 수 있다. 때로는 그것이 지나쳐서 모임이 불편하게 끝나는 일도 흔하다. 태평성대를 구가했던 요임금은 백성들이 부르는 노래에서 '임금의 힘이 나에게 무슨 상관이 있으리오帝力於我何有哉'라는 내용이 들어 있는 것을 보고 기뻐했다고 한다. 정치가 조화롭게 이루어지고 그것으로 인해 국민들이 공정하게 혜택을 본다면 누가 정치를 대화에 올리겠는가.

칠실의 여인 이야기를 생각하면서 다시 내 처지를 돌아본다. 비록 세태의 변화에 둔감하지만 그 변화의 속내를 들여다보면서 내가 딛고 선 땅을 걱정하고 우리의 미래를 걱정하는 마음은 다른 사람과 같을 것이다.

5. 개인의 역사적 책임은 무엇인가

折足覆餗

절족복속 : 솥의 세 발 가운데 하나가 부러지면 솥이 엎어진다는 뜻으로, 자신의 임무를 이기지 못하고 결국 실패함을 말함.　　　　-「주역(周易)」「정괘(鼎卦)」

누구나 자신이 감당할 수 있는 무게가 있다. 살아가다 보면 본의 아니게 다른 사람과 짐을 공평하게 나누어 져야 하는 경우가 있다. 공평하다는 것은 무엇인가. 누구나 단순히 산술적인 균등만을 의미하는 것은 아니라는 점을 알고 있다. 사람의 모양과 능력이 다르듯이 그들의 역할 역시 천차만별이다. 천차만별에 걸맞은 무게의 짐을 흔쾌히 지는 것이야말로 조화로운 사회를 만드는 여러 지층 중의 하나라고 생각한다.

　세상이 어지러워져서 나라가 망했다면 필부匹夫에게도 그 책임이 있다는 말을 읽은 적이 있다. 그것은 백성들에게 무한책임을 지우겠다는 뜻이라기보다는 나라의 구성원들은 모두 자신에게 걸맞은 책임이 있다는 의미일 것이다. 지금 우리가 살아가고 있는 사회 현실이 어지럽고 힘들다면 그 책임은 우리 국민 모두에게 있다. 다만 그 책임의 무게는 사람마다 다르다고 생각한다. 역사에 대한 책임의 무게가 다른 것은 그의 이력과 역할이 다르기 때문이다. 예컨대 똑같은 사회의 구성원이라 하더라도 초등학교를 나온 사람과 대학을 졸업한 사람이 똑같은 책임이 있는 것은 아니다. 초등학교 졸업자는 그만큼의 역사적 책임을, 대학 졸업자는 그만큼의 역사적 책임을 통감하고 스스로 짊어져야 한다. 그게 우리 사회의 구성원으로서 자각해야 할 일이다. 성실하게 세금을 납부하며 살아가는 평범한 회사원은 그 나름의 사회적 책임을 가져야 마땅하고, 고위 공무원이라면 또 거기에 합당한 사회적 책임을 가져야 마땅하다.

문제는 자신의 책임이 어디까지인지, 어느 정도의 무게를 가지고 있는지 스스로 생각하지 않는 사람들이 더 많다는 사실이다. 그 책임은 종종 개인의 이익에 따라 달라지거나 무시되기 일쑤다. 그 자리에 있었더라면 당신도 그럴 수밖에 없었을 것이라는 식의 치졸한 변명이 판을 치고, 자신은 책임을 완수하느라 고생했다는 식의 낯간지러운 말이 곳곳에서 들린다. 자신의 책임이 어디까지인지 생각한 적이 없으니 다른 사람의 짐이 어느 정도의 무게인지 생각해 본 적도 당연히 없을 것이다.

『주역周易』「정괘鼎卦」에는 다음과 같은 효사爻辭가 있다. "세발솥鼎의 다리가 하나 부러지면 그 안에 들어 있던 음식물이 쏟아져서 얼굴을 더럽히니 흉하다." 점을 치다가 이 효가 나오면 어떤 일이든 흉하기 때문에 하지 않는 것이 좋다. 솥의 세 발이 적절하게 힘의 균형을 유지하면서 무게를 감당하고 있는데, 그중의 하나가 부러지면 무게를 감당하지 못하고 넘어지게 된다. 여기서 나온 말이 바로 '절족복속折足覆餗' 혹은 '절정복속折鼎覆餗'이다. 이는 자신의 임무를 이기지 못하고 결국 실패한다는 의미로 쓰인다.

자신의 역량을 가늠하지 못하는 사람이 어찌 중책을 맡겠는가. 그렇지만 애석하게도 그런 사람일수록 자신의 욕망을 이기지 못하고 힘에 부치는 자리를 탐하는 법이다. 자신의 능력을 모르고 거침없이 날뛰는 사람들 때문에 세상이 어지러워지고 수많은 사람들이 탄식을 자아낸다. 그렇게 만들어 놓고도 자기가 무슨 짓을 했는지도 모르는 어리석은 사람들이 많다. 자기가 잘못한 일을 교묘하게 공적으로 포장하면서 그 와중에도 자신의 이익을 챙기는 후안무치한 사람들이 넘친다. 이런 세상에선 상식을 가지고 자신의 역사적 책임을 다하는 사람이 배척당하기 마련이다.

6. 수달과 새매를 피해 천심은 움직인다

爲 淵 毆 魚

위연구어 : 수달이 물고기를 몰아서 연못으로 들어가게 한다는 뜻으로, 폭군 밑에 있는 백성들이 어진 임금에게 돌아가는 것을 말함.

-『맹자(孟子)』「이루장구 상(離婁章句 上)」

적의 적은 내 우군이라는 말도 있지만, 내가 동료를 적으로도 만들 수 있다. 신의와 도리로만 살 수 있다면야 무슨 걱정이 있겠는가만, 사람과의 관계는 그리 단순치 않다. 근대 이후 인간이 발명한 제도 중에 참 흥미로우면서도 미묘한 맛을 주는 것 중의 하나는 선거다. 이전 사람들에게 필요한 사람을 선출한다는 개념은 생각지도 못한 기발한 것이었을 터이다. 정기적으로 과거 시험을 통해서 관료를 선발하는 제도가 동아시아 사회, 특히 조선에서 효과적으로 이용 되었지만 모든 구성원들이 똑같은 권력으로 가지고 사람을 선출한 다는 생각은 정말 기발한 것이었다. 구성원들의 중지를 모아서 사 람들이 원하는 인재를 적재적소에 배치하는 선거 제도는 근대 사회를 만드는 큰 토대다.

문제는 선거 제도가 언제나 순기능만을 가지는 것은 아니라는 점이다. 선거에서 승리하기 위해 온갖 비방과 헛소문을 유포시키고, 비수 같은 혀로 상대방의 심장을 무자비하게 찌른다. 게다가 현실성 없는 공약을 내세워서 당선만 되고 보자는 심보를 노골적으로 드러내기도 한다. 선거를 통해서 구성원들의 능력, 국민들의 안목이 높아져야 하는데 오히려 수준 낮은 선거 때문에 정치에 대한 비판과 외면이 심화된다. 정치에 대한 국민들의 무관심이 태평성대라서 나타나야 하는데, 정치의 타락과 권력의 부정한 행사 때문에 나타나는 것이 문제다.

동아시아 사회에서 폭군의 대명사로 꼽히는 인물이 바로 하나라의 걸桀과 상나라의 주紂이다. 이들이 폭군으로 불리는 이유는 백성들의 뜻을 얻지 못했기 때문이다. 백성들이 먹고 입는 것을 걱정하지 않고 살아갈 수 있다면 그 이상의 정치가 어찌 필요하겠는가. 그래서 맹자는 '백성을 얻으면 천하를 얻는다'고 갈파했다. 백성들이 어진 사람에게 돌아가서 의지하는 것은 마치 물이 아래로 흘러가는 것처럼 자연스러운 일이라고 했다. 그러면서 『맹자孟子』「이루장구 상離婁章句 上」에서 다음과 같은 말을 한다. "연못을 위하여 고기를 몰아주는 것은 수달이요, 나무숲을 위하여 참새를 몰아주는 것은 새매요, 탕왕과 무왕을 위하여 백성을 몰아준 자는 걸왕과 주왕이다爲淵毆魚者, 獺也, 爲叢毆爵者, 鸇也, 爲湯武毆民者, 桀與紂也."

수달의 먹이가 되지 않기 위해 물고기들은 연못 한가운데 깊은 곳으로 도망을 치며, 새매에게 잡혀 먹히지 않기 위해 참새들은 울창한 숲속으로 도망친다. 마찬가지로 걸왕이나 주왕 같은 폭군의 정치에서 목숨을 부지하고 싶어 하는 백성들은 탕왕이나 무왕 같은 어질고 훌륭한 임금 밑으로 도망치게 되어 있다. 목숨을 부지하기 위해 도망치는 물고기, 참새, 힘없는 백성들을 비난할 수 있겠는가. 그들을 도망치게 하는 것은 남이 아니라 바로 포악한 힘을 가진 자기 자신 탓이다. 자기 옆을 떠나는 사람들을 비난할 게 아니라 그 원인이 자기 자신에게 있는 것은 아닌지 반성해야 한다.

언제까지 남의 탓만 하고 있을 것인가. 국민들이 마음을 돌려도 상대 정당의 부당한 공격과 뜬소문 탓이라면서 자기 책임을 벗어나려 하고, 수많은 사람들이 잘못된 정책이라고 고언을 던져도 자신들의 진정한 뜻을 몰라준다면서 고집을 세우는 한, 이 땅의 어지러운 사회 현실은 안정되지 않을 것이다.

7. 뽕나무 뿌리로 둥지를 감는 지혜

桑土綢繆

상토주무 : 뽕나무 뿌리로 둥지를 칭칭 감아 둔다는 뜻으로, 훗날의 어려움에 미리 대비하는 것을 말함. 　　　　　-「시경(詩經)」「빈풍(豳風)」 '치효장(鴟鴞章)'

지식인을 자처하는 사람들이 늘어나고 그에 따라 사회적 발언 역시 봇물 터지듯 넘쳐 난다. 발언의 진위나 내용을 살피기도 전에 또 다른 발언이 터져 나온다. 그 발언들은 순식간에 전파되어 사람들의 움직임에 영향을 미친다. 이들 발언은 많은 언론 매체들과 인터넷 공간을 통해 파편화되어 전달된다. 발언의 맥락은 사라지고 조각난 의미만 남는다. 사람들은 그 조각만을 보고 분노하거나 환호한다. 이런 현실 속에서 지식인들의 역할이 무엇인지 다시 돌아보게 된다. 넘쳐 나는 발언과 정보는 그 자체만으로는 의미 있는 담론으로 발전하지 못한다. 엄청난 양이긴 하지만 그것이 하나의 담론으로 만들어져서 우리 사회의 변화에 긍정적인 기여를 하기 위해서는 많은 토론과 공부를 통해서 하나로 꿰는 지혜가 필요하다. 지식이 아니라 지혜다!

급변하지 않는 시대가 어디 있겠는가만 요즘 주변을 둘러보면 놀라울 정도로 급변하고 있다. 국민들의 수준은 날로 높아 가는데 그들의 요구와 열망을 바라보는 지식인 사회나 정치권, 언론은 예전 같지 않다. 위험을 감지하고 새로운 출구를 찾아야 하는 지금 이 순간, 난맥상을 꿰뚫어 볼 수 있는 능력을 가진 사람들이 쉽게 보이지 않는다. 설령 그런 사람이 있다 한들 이 어지러운 세상에서 사회적 발언을 당당하게 할 수 있는 기회가 흔치 않은 것도 사실이다. 더 큰 문제는 지금 우리가 서 있는 어지러운 세상을 보면서도 그다음 수순을 생각하고 준비하는 사람이 보이지 않는다는 사실이다.

『시경^{詩經}』「빈풍^{豳風}」'치효장^{鴟鴞章}'에 보면 올빼미('鴟鴞(치효)'는 올빼미라는 뜻이다) 이야기가 나온다. 하늘이 흐리지 않을 때 올빼미는 뽕나무 뿌리를 주워 자기 둥지를 칭칭 감아 둔다는 것이다. 이처럼 훌륭한 통치자는 태평한 시절에도 항상 혹시라도 닥칠 어려움에 대비하여 백성들이 편안하게 살 수 있도록 준비한다. '상토주무^{桑土綢繆}'라는 말은 여기서 나왔다. 뽕나무 뿌리로 칭칭 감아 둔다는 뜻의 이 단어는 훗날의 어려움에 미리 대비한다는 의미로 사용된다. 그러나 어찌 태평한 시절만 그러하겠는가. 어지러운 시절을 지나면서 언제나 눈을 크게 뜨고 어느 쪽이 이 환란을 종식시키는 길인가를 살피고 고민해야 한다. 각계각층의 생각이 소통되고 활발한 토론이 필요한 이유가 바로 여기에 있다. 다행히 최근 들어선 정부는 이전 정부와 달리 국민과의 소통에 비교적 적극적인 듯하다. 국민 눈높이에 맞추려는 자세도 엿보인다. 하지만 그럼에도 여전히 근거 없는 비방과 뜬소문들, 정체를 알 수 없는 정보들이 국민들의 판단을 흐리게 만들 것이다. 빤히 보이는 이 사태에 대해 이 땅에서 살아가는 사람들은 자기 나름의 책임 의식을 가지고 고민해야 한다.

8. 자신의 목소리는 죽이고 다른 사람의 목소리는 키워라

舍	己	從	人

사기종인 : 자신의 생각을 버리고 다른 사람의 의견을 따른다는 뜻.
—『서경(書經)』「대우모(大禹謨)」

지금의 어지러운 현실 원인을 통찰하고 그것에 대비하는 것은 말처럼 쉽지는 않다. 시민들의 안목이 높아지고 사회 계층 간의 소통이 활발해지며, 그것을 충실히 수습해서 새로운 정책을 만드는 사람들의 능력이 커져야 한다. 만약 그렇지 않으면 그만큼 국민들을 불안하게 만들 담론들이 횡행할 것이고, 그것은 우리의 미래를 더욱 모호하게 만들 가능성이 있다. 그 와중에 우리가 해야 할 우선적인 일은 좋은 지도자를 뽑는 일이다. 사회 구성원들의 목소리가 모여서 국회의원을 선출하고 대통령을 선출한다. 그럴 때 국민들이 보아야 할 조건은 무엇일까.

먼저 사기종인舍己從人이다. 자신을 버리고 다른 사람을 따른다는 뜻이다. 선거에 출마하는 사람치고 우리 사회를 보는 시선이 뚜렷하지 않은 사람은 없다. 그러나 그 생각이 언제나 옳은 것은 아니다. 민심을 살펴서 어디를 향하는지 정확히 파악하여 나아가되, 민심을 받들기 위해 자신의 개인적인 생각을 내려놓을 줄 알아야 한다. 이 덕목은 일찍이 율곡 이이를 비롯하여 많은 유학자들이 훌륭한 지도자의 덕목으로 꼽은 바 있다. 그런 마음으로 자리에 임하는 사람이라면 정말 힘없는 국민들을 위해 열심히 애쓸 것이다.

'사기종인'은 『서경書經』「대우모大禹謨」에 나오는 글귀다. 이 글귀에 이어서 '不虐無告(불학무고), 不廢貧窮(불폐빈궁)'이라는 구절이 이어진다. 하소연할 곳 하나 없는 사람들을 학대하지 말 것이며 가난하고 곤궁한 사람들을 버리지 않는다는 의미다. 천하의 위대한 성현들이 남긴 글을 읽노라면 그들이 소망하는 바가 특별하지 않다는 것을 알 수 있다. 사회의 소외 계층들, 가난하고 어려운 사람들이 살아갈 수 있는 최소한의 터전을 마련하자는 것이 그들의 바람이었다. 그러기 위해서는 가장 겸허하고 낮은 자세로 국민들의 목소리를 듣는 사람이 절실하게 필요하다.

우리의 삶이 팍팍할수록 사회의 그늘에 가려서 보이지 않는 사람들이 늘어나기 마련이다. 우리 사회가 좀 더 이상적인 모습으로 변모하기 위해서는 이들이 사회의 표면으로 나와서 함께 상생하면서 살아갈 방도를 고민해야 한다. 그러기 위해서는 자신의 생각을 잠시 내려놓고 다른 사람의 목소리에 귀를 기울이는 태도가 필요하다. 아프니까 청춘이라고 말할 수도 있겠지만, 그들의 아픔이 어디에서 비롯하는 것인지를 섬세하게 살피고 그들의 목소리에 귀를 기울이는 태도가 필요하다.

그렇지만 자신의 목소리를 죽이고 다른 사람의 말에 귀를 기울이는 것이 어찌 쉽겠는가. 진실된 마음으로 상대방의 목소리를 받아들일 때 비로소 사회 구성원들 사이에 아름다운 소통이 이루어질 수 있다. 어느 시대든 힘들고 어렵지 않은 때가 있었겠는가만, 나만이 옳다는 생각을 내려놓고 다른 사람들의 생각 속으로 들어갈 준비를 해야 한다. 그것이야말로 사회의 건강도를 높이는 길이요, 우리가 어울려 살아가기 위한 토대이기 때문이다.

9. 잘못된 지도자 앞에서 눈물을 흘린 죄

弄假成眞

농가성진 : 거짓된 것을 놀려서 진짜인 것으로 만든다는 뜻.
-소옹(邵雍)의 「농필음(弄筆吟)」

1589년 10월 2일, 황해감사 한준韓準이 왕에게 비밀 장계를 올렸다. 임금은 한밤중에 고위 관료들을 급히 입궐하도록 명한 뒤 장계의 내용을 논의했다. 장계는 전주에 사는 정여립鄭汝立이 역모를 꾀했다는 내용이었다. 조정에서는 즉시 의금부도사를 황해도와 전라도에 파견하는 한편 춘추관검열春秋館檢閱로 재직 중이던 정여립의 생질 이진길李震吉은 하옥시켰다. 기축옥사己丑獄事로 기록되는 정여립 모반 사건은 이렇게 시작되었다.

역모는 얼마나 놀라운 일인가. 자신의 목숨뿐 아니라 가족 친지들의 생사를 걸고 벌이는 한바탕 도박과 같은 것이 역모다. 성공하면 임금이요, 실패하면 역적이 되는 것. 이런 중차대한 일을 벌이기 위해서는 당연히 합당한 이유가 있어야 한다. 왕의 정통성을 인정할 수 없다든지, 백성들이 도탄에 빠져 국가의 존망에 위기가 닥쳤다든지, 현재의 왕으로서는 더 이상 천명天命을 받들어 수행하기가 불가능할 정도로 이념적 명분을 잃었다든지, 혹은 역모 사건의 주체가 죽을 위기에 처하여 차라리 세상을 뒤집어엎겠다는 생각을 한다든지 하는 등의 이유 말이다. 대의명분을 찾든 개인의 욕망을 내세우든, 역모와 같은 엄청난 사건에는 반드시 그럴 만한 이유가 있어야 한다. 그런데 정여립 사건은 좀 이상했다. 이 사건을 접한 사람들 중 일부는 왜 정여립이 모반을 했을까 의아해했다. 굳이 역모를 일으키지 않아도 살아가는 데 별 지장이 없을 만한 사람이 뜬금없이 역모를 일으켰다니, 이게 도대체 무슨 상황이란 말인가.

당시 정여립은 전라도 전주에 거처하고 있었다. 그러나 한양에서 파견되었던 의금부 관리들이 급습했을 때에는 이미 도망을 간 뒤였다. 그는 금구에 있는 별장으로 달아났다가 관군들이 쫓아오자 다시 아들과 함께 서실이 있던 진안 죽도로 피신했지만, 결국 자결로 한 생을 마치고 만다. 이로써 주모자로 지목된 정여립은 죽었지만, 피의 숙청은 시작되었다.

널리 알려진 것처럼 이 사건의 뒤에는 동인과 서인이라는 당파가 자리하고 있었다. 정여립은 상당히 뛰어난 인재였던 것으로 알려져 있다. 과거 급제 후 한양으로 올라온 그는 처음에는 율곡 이이의 문하로 들어가서 신망을 얻었다. 그의 재주를 아끼던 이이를 비롯한 서인 측에서는 기회가 있을 때마다 그를 천거했다. 그때까지는 관계가 아주 좋았고, 이이를 존경하던 정여립의 마음도 분명했던 것으로 보인다. 그러나 이이가 죽고 나서 1년쯤 지났을 때부터 정여립은 서서히 동인 측의 의견을 지지하더니 급기야는 서인을 공격하기 시작했다. 속사정이야 알 수 없지만, 정여립은 서인에서 동인으로 말을 갈아탄 인물이 되었다.

정여립의 죽음과 함께 그의 모반이 기정사실로 알려지자 정계는 온통 벌집을 쑤신 듯 들끓었다. 그의 집은 샅샅이 수색되어 많은 문서들이 압수되었다. 이 문서들 중에는 개인적인 편지들도 꽤 많았다. 편지들을 포함해서 그의 집에서 발견된 문건에 이름이 등장하는 사람들은 모두 취조를 받았고, 서인의 영수 송강^{松江} 정철^{鄭澈}이 주도하여 옥사를 처리해 나갔다. 그 과정에서 동인 측 인사들을 포함한 많은 선비들이 참혹하게 죽거나 귀양을 갔다. 3년간 진행된 옥사는 1,000여 명에 달하는 피해자를 내면서 동인에게 큰 타격을 주게 된다. 정여립이 역모를 일으켰는지 여부에 대해서는 그 당시부터 논란거리였으며, 지금도 진실을 알 수는 없다. 그러나 이 사건이 처리되는 동안 말도 안 되는 일들이 꽤 벌어졌던 것 같다.

조대중^{曹大中}의 호는 정곡^{鼎谷}, 퇴계 이황의 문인이었다. 그는 정여립 모반 사건이 일어났던 1589년에 전라도도사^{全羅道都事}의 신분으로 보성 지역을 순시하던 중이었다. 때마침 그는 부안에서부터 데리고 다니던 관기^{官妓}와 이별하게 되었는데, 안타까운 마음에 그 자리에서 눈물을 흘렸다. 때마침 그 고을 사람 정교鄭僑가 유발柳潑 등 여러 사람에게 그 일을 이야기했다. 그런데 그 일화가 사람들의 입소문을 타면서 조대중이 정여립의 죽음을 슬퍼하여 울었다는 내용으로 와전되기에 이른다. 너무도 큰일인지라 전라감사였던 홍여순洪汝諄이 보성군의 여러 관리들을 불러서 문초를 했다. 그 결과 '정여립을 위해 울었는지는 모르겠지만, 부안의 관기와 이별할 때 울었던 것은 사실'이라는 답변을 받았다. 그런데도 남도의 유생들이 조대중을 처벌해야 한다는 상소를 계속 올리자 조정에서도 논란이 일었다. 결국 그 일은 명확하지 않은 사건으로 처리되어 대간臺諫이 문제 삼지 않기로 결론을 냈다. 그런데 대간이 다른 사람으로 바뀌면서 '조대중이 울면서 죽은 정여립을 위해 식음을 전폐했다'는 식의 장계가 올라가고, 결국 그는 하옥되었다가 역적으로 몰려서 죽는다.

역사를 읽노라면 뛰어난 재주를 가지고도 억울하게 세상을 하직한 인물을 더러 만난다. 그럴 때면 도대체 공부가 무엇인가 하는 회의가 들기도 한다. 어느 시대에나 지식인들은 자신의 공부를 사회와 공유하면서 서로 조화롭고 아름다운 세상을 만들기 위해 애를 써야 한다. 그러나 다른 한편 공부를 해서 권력을 쥐기만 하면 그 권력을 조금이라도 더 오래 유지하기 위해 자신에게 위해 요소가 될 만한 세력을 탄압한다. 정치의 속성이 자신의 이념을 실현하기 위한 투쟁이기는 하지만, 그 과정에서 얼마나 많은 사람들이 속절없이 세상을 떠났던가. 오직 힘이 있고 없고의 차이 때문에 정의가 바뀐다면, 성현들의 말씀을 공부하고 역사의 표준을 세우는 일이 무슨 필요가 있단 말인가.

거기에 또 하나, 이성적 사회에 대한 열망을 이야기해야 한다. 서로 다른 생각을 가진 사람들이 잘 어울려 살아가는 사회야말로 건강하면서도 아름다운 사회라는 것은 누구나 인정할 것이다. 서로 다른 의견을 가졌다는 이유로 무조건 따돌림 받으며 비난을 당한다면, 그것이 어찌 이성적인 사회겠는가. 서로의 생각을 자유롭게 개진하고, 그것의 차이를 토론으로 좁혀 가는 사회를 꿈꾸는 것은 정말 '꿈'에 불과한 것인가? 선거철마다 정당 혹은 출마자 사이의 의견 차이를 인정하고, 어떤 것이 더욱 바람직한 것인지, 어떤 쪽이 더 실현 가능성이 있는지를 따지는 일이 어째서 이성적으로, 논리적으로 이루어지지 않는 것일까? 그 이면에는 알량한 권력이나마 가지고 있어야 자기에게 이익으로 돌아온다는 생각 때문에 그런 것은 아닐까? 오랜 세월 동안 수많은 성현들이 개인적인 이익을 넘어서서 공익을 배려하는 정치를 이야기했건만, 그것이 제대로 실현되지 않는 것은 이기적인 인간의 치명적인 숙명 때문일까?

농가성진弄假成眞이라는 말이 있다. 송나라 철학자 소옹邵雍의 「농필음弄筆吟」에 나오는 글귀다. 거짓된 것을 놀려서 진짜인 것으로 만든다는 뜻이다. 온갖 말들이 떠도는 시대에 어떤 것이 진실인지조차 판단하기 어렵기 때문에, 우리 같은 중생들이야 그저 눈과 귀만 어지러워 어쩔 줄을 모르고 살아갈 뿐이다. 거짓이 진실로 변하는 어지러운 시대를 살아가려면 우리의 공부가 좀 더 깊어져야 할 것이다. 책을 읽고 생각하는 삶, 그것이 비록 비현실적인 해결책처럼 보이지만 어쩌면 정말 중요한 해결책이 아닐까 싶다.

10. 명나라 황제를 분노시킨 네 글자

民歸君輕

민귀군경 : 백성은 귀하고 임금은 가벼운 존재라는 뜻.
—『맹자(孟子)』「진심장구 하(盡心章句 下)」

글 좀 읽은 사람이라면 누구나 맹자의 명성을 들어 알고 있을 것이다. 그러나 정작 『맹자』를 읽은 사람은 찾아보기 힘들다. 읽을 책도 많고 할 일도 많은 요즘 같은 세상에 맹자가 웬 말이냐고 반문하는 사람도 있겠지만, 수천 년 동안 동아시아의 지식인들에게 경전으로 신봉되었던 책이라면 그만한 이유가 있을 것이다. 오랫동안 지식인들이 『맹자』를 사유의 나침반으로 삼았다는 점 하나로도 우리는 그 책에 눈길을 줄 만한 충분한 이유를 발견한다.

　황제가 모든 세속적 권력의 정점에 위치하던 근대 이전 시기에, 맹자처럼 그 권위에 대한 강력한 견제구를 던진 사람은 흔치 않았다. 그런 점에서 명나라를 세운 주원장朱元璋의 일화는 의미심장하다. 명나라 태조 3년 어느 날, 명나라의 황제 주원장은『맹자』를 읽다가 불같이 화를 내며 소리를 질렀다. 얼마나 화가 났던지 그는 "이 영감이 지금 살아 있었더라면 죽음을 면치 못했을 것"이라고 소리를 지르면서, 당장 문묘^{文廟}에 모신 신주를 빼버리라고 명령했다. 그간 공자와 맹자를 비롯한 유교의 성현들은 문묘에 모셔져 정기적인 제사를 올렸다. 문묘에 제사를 올릴 때면 황제 역시 참여해 직접 제향 의식을 거행한다. 사람이라면 지위 고하를 막론하고 존경해야 마땅한 맹자를 당장 문묘에서 빼라고 명령 내린 것을 보면 그의 분노가 보통이 아니었다는 점을 충분히 짐작할 만하다.

분노를 삭이지 못한 주원장은 결국 당대 최고의 경학자였던 팔순의 노학자 유삼오^{劉三五}를 불러서『맹자절문^{孟子節文}』을 편찬하도록 했다. 이 책은 예전부터 전해 오는『맹자』의 본문을 손질해서 다시 편집한 것이다. 유삼오가 편찬한 이 책 속에는 맹자가 주장했던 민본주의적 생각과 왕도정치에 관한 부분이 빠져 있다. 주원장은 과연『맹자』의 어떤 부분이 껄끄러웠던 것일까?

『맹자^{孟子}』「진심장구 하^{盡心章句 下}」에는 이런 구절이 나온다. "백성이 귀하고, 사직^{社稷}이 그다음이며, 임금은 가벼운 존재다^{民爲貴, 社稷次之, 君爲輕}." 주원장 입장에선 목숨을 걸고 나라를 세워서 이제야 자신의 욕망을 마음껏 실현할 수 있는 기회를 잡았는데 이게 무슨 말인가 싶었을 것이다. 황제의 명령이면 무엇이나 해야만 하는 중세에, 그와 정반대의 글이 실려 있다니 정말 황제로서는 분노할 일이었을 것이다. 주원장 자신이 평민 출신의 황제였음에도 불구하고, 그리하여 백성의 자리에서 출발하여 황제의 지위를 얻었음에도 불구하고, 맹자의 주장은 터무니없는 망발로 여겨졌던 것이다. 그 결과 유삼오의 책에서 이 대목이 빠진 채 편집된 것은 당연한 일이었다.

『맹자』를 읽노라면 맹자라는 인물이 얼마나 노회한 유세가인지 놀란다. 그만큼 그의 논설은 빈틈이 없다. 상대방을 궁지로 몰아세울 때는 서슬이 푸르다가도 상대방을 회유할 때에는 노회한 웅변가를 찜 쪄 먹을 정도다. 상대방의 생각을 정확히 읽고 자기 생각의 구도 속으로 유인할 때에는 노련한 전략가다. 그의 솜씨를 한번 보자.

> 양혜왕梁惠王이 말했다. "과인이 가르침을 받기를 원합니다." 맹자가 말했다. "사람을 죽이는 데 있어서 칼로 죽이는 것과 몽둥이로 죽이는 것이 같습니까, 다릅니까?" "차이가 없습니다." "칼로 죽이는 것과 정치(를 못해서 그것으)로 죽이는 것은 차이가 있습니까?" "차이가 없습니다."(『맹자孟子』 「양혜왕장구 상梁惠王章句 上」)

짧은 대화 속에서도 상대방을 정확하게 몰아세우는 맹자의 말투가 날카롭게 보인다. 그의 방식은 대체로 상대방과의 대화를 통해서 스스로 자신의 생각에 모순이 있다는 사실을 깨닫게 하는 것이었다.

그가 권력자들을 불편하게 했던 가장 큰 이유는, 백성들의 힘을 윗길에 놓고 생각을 했다는 점이다. 백성 없는 임금이 어디 있겠는가. 그 사실을 잊고 폭정을 저지르는 사람은 언제든지 백성들의 힘으로 갈아치울 수 있다는 점을 맹자는 정확하게 지적하고 있었다. 맹자는 이렇게 말한다. "임금에게 큰 잘못이 있다면 간諫해야 한다. 반복해서 간했는데도 듣지 않는다면 그의 지위를 바꾸라."(『맹자』「만장장구 하萬章章句 下」) 왜냐하면 폭군을 몰아내거나 죽인 경우에는 '왕'을 죽인 것이 아니라 '한 사내一夫'를 죽인 셈이기 때문이다(「양혜왕장구」).

전통적으로 왕은 하늘의 명령을 받아서 행하는 사람이다. 즉, '천명天命'을 받은 셈이다. 자신이 받은 천명을 왕이라는 지위를 통해서 백성들에게 널리 펼치는 것이 충실한 왕의 직분이다. 그런데 하늘의 명령을 무시하고 자기가 하고 싶은 대로 마구 다스린다면 백성들의 삶은 힘들어질 것이고, 백성들은 왕을 왕으로 인정하지 않을 권리를 가진다는 것이다. 정당한 왕의 권위를 행사한다는 전제하에 백성들은 충성으로 응답하는 것인데, 그렇지 않다면 왕을 바꾸어야 한다. 그래서 '혁명革命'이라는 말이 나온다. 혁명이란 '천명을 바꾼다'는 뜻이다. 더 이상 하늘의 명령을 수행하지 못하거나 수행할 의지가 없다고 판단되는 순간 그 사람은 왕이 아니라 그저 한 사람의 필부匹夫에 지나지 않는다. 맹자는 이런 논리를 이용해서 혁명의 정당성이 백성들에게서 나온다는 주장을 했다.

백성이 귀하고 임금은 가볍다는 뜻의 민귀군경民貴君輕은『맹자』에 나오는 말이다. 어찌 보면 이 말 자체가 욕망의 유혹에 넘어가기 쉬운 인간을 경책하는 말이기도 하다. 살아가다 보면 부귀가 자신의 삶을 편안하게 해 준다는 사실을 알게 되고, 권력의 달콤함에 빠진다. 내가 속한 공동체의 구성원들이 위임해 준 권력인데도, 마치 자신이 구성원들을 위해 '봉사'한다고 생각한다. 물론 위임된 권력이라는 사실을 정확히 인지하고 있다면 그것은 봉사일 수 있지만, 그 사실을 잊는 순간 '봉사'가 아니라 '군림'하게 된다. 자기가 없으면 공동체가 붕괴되리라는 망상을 하게 되고, 공동체의 구성원들이 자기 덕분에 먹고산다는 착각을 한다. 겉으로는 공동체의 이익을 위한다는 대의명분을 걸지만 속으로는 자신의 욕망을 채우려는 이기적인 마음으로 가득 차게 된다.

자기가 필요할 때에는 쓸개라도 빼줄 듯이 살살거리다가도 권력이 당분간 자신의 손에서 벗어나지 않으리라는 판단이 들면 마치 자신이 세상의 중심인 것처럼 살아가는 사람들을 자주 본다. 물론 이런 부류의 인간들은 정치판에서 가장 흔하게, 노골적으로 발견되기는 한다. 그러나 우리 자신도 이런 반성에서 벗어날 수 없다. 누구나 약간의 권력은 가지고 있기 마련이고, 그 권력은 위임해 준 사람들을 위해 사용될 때 정당하기 때문이다. 그렇다면 나는 봉사하고 있는가, 군림하고 있는가. 슬며시 가슴을 쓸어내린다.

11. 누구에게든 당당할 수 있는 마음

有	如	曒	日

유여교일 : 마치 하늘에 떠 있는 해처럼, 마음속에 아무것도 숨김이 없다는 의미.
『남제서(南齊書)』「소영주전(蕭穎冑傳)」

언제나 인사철이 되면 무수한 하마평으로 어수선하다. 때로는 자신의 이름을 일부러 언론에 흘려서 그 자리로 가고 싶다는 뜻을 은근히 표현하기도 하지만, 자기 의사와는 관계없이 거론되기도 한다. 그럴 때면 사람들은 그 자리에 적임자가 누구인지 나름의 기준을 제시하거나 예측을 해 보며 인사 과정을 지켜보곤 한다.

근대 이전에는 관료를 선발할 때 과거 제도를 이용하였다. 오랜 공부 기간을 거치고 몇 차례의 시험을 통과한 뒤에 예비 관료로 선발되고, 그들 중에 일부가 다시 임용되어 정치 현실 속으로 뛰어들어간다. 이렇게 다수의 백성들 사이에서 객관적 기준을 내세워 필요한 인재를 선발하는 과거 제도는 어느 나라나 시행했던 것은 아니다. 근대 이전의 많은 나라에서는 객관적 요인보다는 사회적이고 정치적 외인外因과 가문이나 기타 여러 기준에 의해서 사람을 골랐다. 『당서唐書』「선거지選擧志」에 보면 관리 선발의 기준으로 '신언서판身言書判' 네 가지를 제시하고 있다. 풍채와 말솜씨, 글씨, 판단력 혹은 문리文理 등을 통해서 그 사람의 능력을 판단하는 것은 오랜 전통 중의 하나였다. 지금도 크고 작은 집단에서 사람을 임용할 때 면접을 치르는데, 그것은 지원자의 신언서판을 통해서 자신들의 생각을 정하기 위해서일 것이다. 그것은 사람의 인성과 능력, 공부의 수준 등이 풍채와 말솜씨, 글씨, 판단력 등으로 자연스럽게 표출되리라는 것에 대한 오랜 믿음이 있었기 때문에 가능한 일이었다. 그렇지만 아무리 객관적으로 지원자의 능력을 본다고는 해도 그 사람의 가문이나 주변 환경 등에 영향을 받을 수밖에 없다. 고위 관리를 배출한 집안에서 대대로 관리를 배출하는 것은 그러한 배경이 일조한 탓이리라. 결국 기득권을 가진 몇몇 가문이 노른자 같은 자리를 차지하고 대를 이어 권력을 행사하게 되는 결과를 낳기 때문에 새로운 인재가 등장하는 것은 대단히 어려운 일이었다.

이런 상황에서 과거 제도는 아주 신선한 것이었다. 가문을 비롯하여 신언서판 등 개인의 겉모습이 주는 인상에서 벗어나 새로운 기준으로 사람을 선발하는 것은 새로운 세력의 등장을 적극적으로 부채질하였을 뿐 아니라 사회적 배경이 없는 사람들에게도 큰 희망을 주는 일이었다. 과거 제도를 통해 누구나 관직에 진출할 수 있는 가능성이 생기면서 학문에 뜻을 두는 사람이 늘어났고, 결과적으로 교양을 갖춘 지식인 계층이 두텁게 형성되었다. 그렇지만 여전히 관리 선발을 비롯하여 인사 이동이 있을 때마다 많은 뒷이야기들이 은밀하게 유포되었다. 가장 공정하게 인사 문제를 처리한다고는 하지만, 뜻을 이룬 사람이 있는 반면 그렇지 못한 사람이 있기 마련이므로 예나 지금이나 뒷말이 무성한 것은 당연한 일이다.

율곡 이이가 전형銓衡을 맡았을 때의 일이다. 인재를 선발하고 적임자를 가려내는 일을 맡은 사람이 전형이므로, 예나 지금이나 청탁이 많기 마련이다. 그때 마침 율곡의 벗 구봉龜峰 송익필宋翼弼이 괜찮다고 생각하는 사람의 이름을 몇 사람 적어서 그에게 보내왔다. 율곡은 그 쪽지를 창문 사이 잘 보이는 곳에 붙여 두었다. 두 사람의 제자였던 사계沙溪 김장생金長生이 우연히 율곡을 뵈러 갔다가 그 광경을 보고 깜짝 놀라서 말했다.

"저 쪽지를 계속 붙여 두면 문제가 생기지 않을까요? 얼른 떼어 내시는 게 어떻습니까?"

그러나 율곡은 태연한 표정으로 이렇게 말했다.

"그게 무슨 해로운 일이라고 그러는가? 인재를 여러 사람이 수시로 천거하고 논의하는 것은 옛 성현도 자주 하셨던 일이라네."

'인사가 만사'라는 말이 한때 유행했던 적이 있다. 직원이 아무리 많아도 적재적소에 배치하지 않으면 그 회사의 잠재력을 발휘할 가능성은 현저히 떨어진다. 직원 개개인의 능력과 성향을 정확히 파악해서 그가 가장 잘할 수 있는 직책에 임명하는 것이 중요하다.

아무리 객관적 평가 기준을 마련한다 해도 어떤 일이든 사람의 일이라 사적 감정이 개입할 여지가 항상 있다. 요즘처럼 객관화된 기준으로 인사 정책을 시행하는 시대에도 여전히 조심스러운 일은 생긴다. 그러나 율곡은 친구인 구봉에게 개인적으로 받은 사람들의 명단을 남들도 잘 보는 곳에 붙여 놓고 지냈다. 제자가 깜짝 놀라서 조심해야 되는 것 아니냐고 되물었지만 정작 자신은 그런 것에 무심했다. 적재적소에 사람을 쓰는 것은 어느 한 사람만의 생각과 아이디어만 가지고 하기에는 곤란하다. 그런 일일수록 여러 사람들의 의견을 들어봐야 하고, 그것을 공론화시켜서 처리하는 것이 사회의 안녕에 기여하는 방법이다. 바로 이것이 율곡의 생각이었던 것이다.

자칫 오해받을 수도 있는 사건이지만 무심하게 대처할 수 있었던 것은 율곡의 마음이 그만큼 공정함을 유지하고 있었기 때문이다. 하늘을 우러러 한 점 부끄럼 없는 마음이었으므로 율곡은 당당하게 자신의 의견을 피력할 수 있었고, 그의 삶이 만들어 왔던 신뢰 때문에 사람들의 오해를 피할 수 있었다. 어떤 일을 하든 자신만의 일관성과 객관성을 갖추고 있다면 신뢰는 두텁게 쌓이고, 추진하는 일마다 원칙대로 쉽게 풀릴 것이다.

『남제서南齊書』「소영주전蕭穎胄傳」에 '유여교일有如曒日'이라는 말이 있다. 마치 하늘에 떠 있는 해처럼, 마음속에 아무것도 숨김이 없다는 의미다. 내가 사람을 선발하면서 그 결정이 나의 개인적 이익이나 주변 관계 때문에 이루어진 것이 아니라 진정으로 적임이라고 생각하였다면 누가 뭐라고 하든 거리낄 것이 없다. 오히려 그것을 이상하게 해석하는 사람이 문제다.

누구에게든 당당할 수 있는 마음은 개인적 욕심을 버리는 것에서 나온다. 나 자신의 이익을 위해 무엇인가를 도모한다면 온갖 피곤한 절차와 오해가 장애물처럼 가로막을 것이다. 그러나 욕심을 버리는 순간 실타래처럼 엉켰던 일들은 순식간에 풀어지고, 내가 어떤 방법으로 사태를 헤쳐 나가야 할지 길이 보인다. 인사 문제처럼 복잡한 일도 욕심을 버리고 적재적소에 맞는 인물만을 생각하면 뜻밖에 길이 보이는 경우가 많다.

문제는 신뢰다. 구성원들 사이에 믿음이 없다면 무슨 일을 해도 꼬투리를 잡히고 의심을 받겠지만, 믿음이 있다면 어떤 일을 해도 만사형통이다. 어떤 기업도, 어떤 집단도, 믿음이 전제되지 않는 일은 적지 않은 희생을 요구한다. 돌아가는 길처럼 보이지만, 신뢰를 쌓는 일이 먼저다. 신뢰가 쌓이기만 한다면 그것처럼 지름길은 없을 것이다.

12. 밭 가는 일은 농부에게 물어야 한다

耕當問奴

경당문노 : 밭갈이 같은 농사일은 마땅히 농사를 짓는 남자 종에게 물어야 한다는 뜻으로, 어떤 일을 하려면 해당 분야의 전문가에게 맡겨서 처리하는 것이 가장 좋은 방법이라는 의미.　　　　　-『송서(宋書)』「심경지전(沈慶之傳)」

우리가 역사를 공부하는 이유는 바로 엄청나게 많은 사례를 통해서 지금 우리가 당면한 현실을 새로운 시각으로 바라보자는 것이다. 『조선왕조실록朝鮮王朝實錄』만 해도 그렇다. 엄청난 양을 자랑하는 실록은 그 자체만으로도 구체적인 사실들을 담고 있는 사례의 보고寶庫다. 사건의 진실을 밝혀서 판결을 내리는 판사가 언제나 과거에 있었던 판례들을 살피고 그것을 자신의 법적 판단에 중요한 근거로 삼듯이, 역사는 우리가 살아가는 현실의 다양한 선택에 큰 영향을 끼치는 일종의 역사적 판례다. 그런 점에서 실록은 우리 옆에 살아있는 역사 판례집이다. 실록을 하나의 예로 들었지만, 선조들이 우리에게 남겨 놓은 역사 판례집은 무궁무진하다. 그 속에는 어떤 상황에서 어떤 결정을 내렸더니 어떤 결과가 나왔더라 하는 구체적인 사건의 흐름과 그에 대한 다양한 비판적 견해들이 담겨 있다. 정치인들이 무언가 큰 결단을 내릴 때 진정으로 자신만의 온전한 생각으로 결정에 도달하는 사람은 거의 없다. 주변 사람들의 이야기를 무수히 듣고, 돌아가는 정세를 꼼꼼히 분석하고, 그와 유사한 과거의 사례를 조사하고, 그 일을 경험했을 법한 선배 정치인들이나 원로들을 만나서 조언을 듣는다. 그 외에도 알려지지 않은 많은 것들을 한 뒤에 깊이 생각한 끝에 결단을 내린다. 생각해 보면 이러한 일련의 행위도 과거의 사례에서 교훈을 얻고 자기 결정의 중요한 근거로 사용하는 것이다.

그런데 이상하게도 우리는 역사의 교훈을 우습게 여긴다. 민족과 역사 앞에서 부끄럽지 않은 정치인이 되겠다고 말하면서도, 정작 그의 행동을 살펴보면 (민족은 몰라도) 역사를 도외시하는 경우를 우리는 자주 목격한다. 역사를 거울로 삼지 않는 사람에게 무슨 희망이 있으며 무슨 미래가 있겠는가. 나는 역사를 모르는 정치인이 국민들을 위해 열심히 일한다는 말을 믿지 않는다. 특히 일본이 주변국과의 국경 문제로 연일 시끄럽게 하는 짓을 보면서, 일본 정치인들이 하는 국경 관련 발언을 우리는 쉽게 신뢰하지 못한다. 그들의 행동 이면을 들여다보면 국민들의 감정적 차원을 자극해서 일시적인 인기만을 노릴 뿐 인류사의 거대한 흐름 속에서 만들어져 온 그들의 역사를 제대로 읽지 못하는 것을 볼 수 있다. 말하자면 역사를 모르는 자의 행동은 신뢰를 얻지 못한다. 불과 백 년도 안 되는 때에 일어난 역사도 모르거나 치지도외置之度外하는 사람들의 말과 행동을 어떻게 믿을 수 있겠는가.

역사에 남은 많은 일화들 중에 자주 등장하는 것은 아랫사람에게 무엇인가를 물어보는 지도자의 모습이다. 어떤 집단이든 지도자의 중요성은 아무리 강조해도 지나치지 않는다. 지도자의 생각이나 행동에 따라 그 집단의 흥망성쇠가 결정된다. 당면한 현실에 어떻게 대응할 것인가 깊이 생각해서 정책을 결정하고 판단하는 것은 지도자의 몫이다. 그러나 거기에 이르기까지 주변 사람들의 생각을 다양하게 수용하는 것 또한 지도자의 중요한 덕목이다. 사람마다 자신의 의견을 자유롭게 제기하고 토론하면, 지도자는 그 의견들을 잘 종합해서 자기 판단의 근거로 삼는다. 그렇게 일을 하는 과정에서 어떤 사안이 결정되면 일의 성격과 선후에 따라 사람들에게 일을 분담시킨다. 말하자면 지도자는 세세한 부분까지 모두 챙기면서 하나하나를 따지는 사람이 아니라 사람들의 역할을 주도하면서 적당한 자리에 적당한 인재를 등용하여 쓰는 사람인 것이다. 아무리 능력이 뛰어나다 한들 복잡다단한 세상사를 어찌 모두 알 수 있겠는가. 중요한 것은 적임자를 알아보고 발탁하는 능력이다. 그것이야말로 구성원들의 능력을 최대치까지 끌어낼 수 있는 힘이고, 그것이 바로 지도가가 갖추어야 할 능력일 수 있다.

중국 위진남북조 시대 송宋나라 때 심경지沈慶之라는 사람이 있었다. 그는 어렸을 때부터 용맹함으로 널리 이름을 떨쳤다. 비교적 늦은 나이에 벼슬길로 들어섰는데, 워낙 뛰어난 무장이었던 탓에 수많은 민란과 반란을 진압하면서 자기 능력을 유감없이 발휘하였다. 그 과정에서 그는 송나라 무제武帝(송나라를 세운 군주이므로 후대에는 '송태조宋太祖'로 표기하기도 한다)를 도와 건국 사업에 큰 힘을 보탠다. 나라를 세우고 나서 무제는 중국 북쪽 지방을 치고 싶어 했다. 그러나 심경지는 격렬하게 반대하면서 그 불가함을 주장했다. 이렇게 격론이 오가는 자리에 서담지徐湛之, 강담江湛 등이 함께 있었는데, 그들은 무제의 의중을 알고 심경지를 힐난하였다. 그러자 심경지는 이렇게 말한다.

"나라를 다스리는 것은 집안을 다스리는 것과 같습니다. 밭을 가는 일은 당연히 남자 노비에게 물어보아야 하고, 옷감을 짜는 일은 당연히 여자 종을 찾아가 보아야 합니다. 폐하께서 지금 다른 나라를 정벌하려 하시면서 전쟁에 대해 아무것도 모르는 백면서생白面書生들과 일을 꾸미시니, 일이 어떻게 이루어지겠습니까?"

이 말에 결국 무제는 껄껄 웃으면서 심경지의 말을 따랐다고 한다. 『송서宋書』 「심경지전沈慶之傳」에 나오는 일화다. '경당문노耕當問奴'라는 말은 바로 여기서 등장한다. 밭갈이 같은 농사일은 아무리 주인이라 해도 알 수 없다. 당연히 농사를 짓는 남자 종에게 물어보아야 한다. 어떤 일을 하려면 해당 분야의 전문가에게 맡겨서 처리하는 것이 가장 좋은 방법이다.

정계가 요동을 칠 때면 언제나 실권을 쥐고 있는 사람의 복심腹心을 파악하려는 사람들을 자주 본다. '김심金心'이니 '이심李心'이니 해가면서 자기의 생각이야말로 실권자의 속마음을 가장 잘 읽어 낸 것이라고 주장하고, 심지어 그것의 진위와 가부를 가지고 논쟁을 벌이기까지 한다. 자기주장에 얼마나 자신이 없으면 실권자의 속마음에 기대서 생각을 표현하려는 것일까. 말로는 자기가 해당 분야의 전문가라고 큰소리치면서, 정작 중요한 순간에는 실권자의 눈치를 살피는 것이다. 그런 사람들의 의견을 듣는다 한들 무슨 큰 도움이 되겠는가. 동시에 실권을 쥐고 있는 사람은 다양한 의견을 들어서 종합해야 할 뿐 아니라 일을 진행시킬 때 가장 적임자가 누구인지를 파악해서 마음 놓고 일을 할 수 있도록 맡겨야 한다. 남의 의견을 다 듣는 척해 놓고는 결국 자기 생각대로 결정을 한다면 전문가 집단이 아무 소용이 없게 된다. 전문가적 식견을 당당히 이야기하고, 다양한 이야기를 들어서 합리적인 판단을 내리고, 그것을 바탕으로 적임자를 발탁해서 일을 맡기는 것이 중요하다. 이렇게 신뢰 관계가 만들어져야 비로소 쌍방향 소통이 원활해지는 것 아니겠는가.

13. 작은 언행으로부터 시작되는 신의

信 信 疑 疑

신신의의 : 믿을 만한 사람을 믿고 의심할 만한 사람을 의심하다.
-「순자(荀子)」 「비십이자(非十二子)」

동서양을 막론하고 널리 읽히는 고전에서 자주 발견되는 이야기는 믿음에 대한 것이다. 사람의 삶에서 신뢰와 배신이 만들어 내는 드라마가 굉장한 흥미를 끄는 것이야 당연하지만, 그만큼 일상 속에서 배신을 당할 가능성이 많다는 뜻도 된다. 어떤 것은 너무 자잘한 일이어서 나 스스로 배신당한 줄을 모르고 지나치는 경우도 있지만, 어떤 것은 너무도 가슴 아픈 배신이어서 평생토록 잊지 못하는 경우도 있다. 세상 사람들이 모두 신의만 가지고 있다면 세상을 무슨 재미로 사느냐고 말하기도 하지만, 그것은 어쩌면 배신이 난무하는 세상에 대한 하소연의 맥락에서 나온 것이 아닌가 싶다.

정치권이 국민들의 조롱거리가 된 것은 어제오늘의 일이 아니다. 우리 고향 마을만 해도 그렇다. 해마다 장마철이면 떠내려가는 다리를 튼튼하게 놓아 주겠노라며 선거철마다 와서 공약을 내걸었지만, 그 다리는 20년이 지나도록 해마다 떠내려가곤 했다. 국회의원에 출마하든 도의원이나 군의원에 출마하든, 혹은 누가 출마하든 그들이 내건 공약을 살펴보면 대부분 비슷하다. 표절이라도 한 듯이 비슷한 공약을 보면서 유권자들은 누구를 찍든 똑같은 결과를 가져올 것이라고 생각하게 된다. 심지어 자신의 권한을 벗어나는 공약을 걸기도 한다. 요즘 학생회장 선거에서도 그런 것을 본다. 반값 등록금이 학생들 사이에서 뜨거운 논쟁거리가 되자 어떤 학생회장 후보는 자신이 그것을 앞장서서 실현하겠노라며 공약을 걸었다. 그렇지만 그게 어찌 학생회장의 권한이겠는가. 비단 대학교의 학생회장 선거뿐만이 아니다. 국회의원 선거나 대통령 선거에서도 이런 일들이 비일비재하다. 표를 얻기 위해서는 무슨 말이든 해 놓고 막상 그 자리를 차지하면 언제 그랬느냐는 듯이 입을 싹 닦는 사람들이 허다하다. 도대체 사람들의 관심만을 따져서 무작정 공언을 하고 보는 사람이라면, 우리는 과연 그의 발언을 어디까지 믿어야 하는 것일까.

몇 년 전, 중학교 졸업 30주년 행사를 했다. 시골 촌놈들이 모여서 하는 행사라 그리 대단할 것은 없었지만, 그래도 철부지 어린아이들을 이만큼 키워 주셨던 선생님들을 모시기로 했다. 연락되는 분은 그리 많지 않았지만, 다행히 담임 선생님과 연락이 되어 그 행사에 모시게 되었다. 행사가 시작되기 전, 조금 일찍 도착하신 선생님을 모시고 동해가 바라보이는 찻집에 자리를 잡고 이야기보따리를 풀어 놓았다.

선생님께서 우리 중학교에 발령을 받아 와 보니, 교장 선생님이 담임 선생님의 선친과 세교世交가 있던 분이었다고 말씀하셨다. 담임 선생님 입장에선 20대의 나이에 시골 중학교로 와서 낯설었는데, 선친과 인연이 있는 교장 선생님을 모시고 생활하게 되어 기뻤다. 정신없이 학기 초를 마치고 제법 생활에 익숙해진 5월 초였다. 교장 선생님께서 부르셔서 갔더니, 아주 낡은 책을 한 권 꺼내어 주시더라는 것이었다. 한국 역사에 관한 책이었다. 무슨 뜻인지 몰라서 머뭇거리고 있었는데, 교장 선생님이 이렇게 말씀하셨다.

"이 책은 원래 정 선생님의 선친 책입니다. 젊은 시절에 정 선생님 선친께서 이 책을 소장하고 계신 걸 보고 며칠 보려고 빌렸었더랬지요. 그런데 전쟁이 터지면서 헤어지는 바람에 책을 돌려드리지 못했습니다. 본의 아니게 돌려드리지 못했습니다만, 이 책을 볼 때마다 어떻게 돌려드려야 되나 하는 생각을 했었지요. 저는 여태껏 살아오면서 제 스스로 신의가 있다고 생각을 해 왔었는데, 이런 경우는 어떻게 해야 할지 저도 판단이 되질 않았습니다. 그런데 마침 정 선생님이 우리 학교에 오셔서 함께 생활하게 되니 정말 기뻤습니다. 이제 아드님께 이 책을 돌려드리게 되었으니, 저로서는 제가 지키지 못했던 신의를 이루게 되어 너무 좋습니다."

담임 선생님께서는 하숙집으로 돌아와서 책장을 열어 보았는데, 그 안에 돌아가신 아버님의 흔적이 그대로 남아 있어서 감격스러 웠다고 한다.

그 이야기를 하시는 선생님이나 듣고 있던 우리들은 모두 무언 가 아련한 마음으로 지난 세월을 생각하고 있었다. 생각해 보면 당 시 교장 선생님은 다른 분과는 뭔가 색다른 느낌을 주는 분이었다. 어쩌다 비는 시간이 있으면 들어오셔서 우리에게 다양한 이야기를 해 주셨고, 복도에서 벌을 받고 있는 친구가 있으면 슬며시 교장실 로 데리고 가서 무슨 일 때문에 벌을 받는지 물어보시며 다정한 웃 음을 보내기도 하셨다. 그러다 보니 우리는 교장 선생님 말씀이라 면 무엇이든 믿게 되었다. 딱히 믿어 달라는 호소를 하지 않으셨지 만 우리 사이의 믿음은 자연스럽게 만들어져서 어느 사이엔가 강 한 유대감을 형성하고 있었다.

옛날에 빌렸던 책을 돌려주는 것이 뭐 그리 대단한 일이냐고 할 사람도 있을 것이다. 그러나 자신의 물건이 아닌 것을 가져가고도 아무런 죄책감을 느끼지 않는다면 그 사람의 행실은 안 봐도 뻔한 일이다. 사소한 행실에 그 사람의 일생이 모두 들어가 있는 법이 아니던가. 사람과 사람 사이의 신의란 거대 담론으로 만들어지는 것이 아니라 일상생활 속에서의 작은 몸짓과 한마디 말에서 시작 된다. 신의란 하루아침에 만들어지는 것이 아니다. 오랫동안 사귀 면서 봐 왔던 한 사람의 삶이 일관된다는 판단이 서야 비로소 신의

가 생긴다. 그렇게 보면 오래된 책 한 권이라 할지라도 자기 마음에 거리낌이 있었다면 돌려줄 방법을 찾는 게 당연하다.

이름 없는 필부의 삶도 그러할진대, 하물며 한 지역이나 나라의 국정을 책임지겠다고 하는 사람들의 언행은 말할 필요도 없다. 선거가 끝날 때마다 선거 기간 중에 쏟아 냈던 수많은 말들을 어떻게 책임질 것인지 궁금하다. 시간이 흐르면 자신이 내세웠던 공약을 사람들이 잊어버릴 것이라고 생각하면 오산이다. 국민들을 내세워서 자신이 내걸었던 공약은 어느 순간 자신을 향한 화살로 돌아오기 마련이다. 책임지지 못할 말은 하지도 않는다면서 침을 튀겼던 많은 후보들을 우리는 기억한다. 그렇게 뱉은 말조차도 책임지지 못하리라는 것을 우리는 직감적으로 알아차린다. 그러면서 가슴에는 정치인에 대한 불신을 깊이 쟁여 둔다. 얼마나 가슴 아픈 일인가.

'신신의의信信疑疑'라는 말이 있다.『순자荀子』「비십이자非十二子」편에 나오는 말이다. 믿을 만한 사람을 믿고 의심할 만한 사람을 의심한다는 말인데, 순자는 믿음이든 의심이든 뜻은 달라 보이지만 깊은 뜻으로 들어가 보면 모두 믿음과 관련이 된다고 했다. 믿음에 대한 많은 정의들이 있지만, 나는『국어國語』「진어이晉語二」의 한 구절에 붙인 위소韋昭의 주석이 오래 기억에 남는다. 거기서 그는 "믿음이란, 말을 하면 반드시 실천하는 것信, 言必行之"이라고 했다. 거짓과 불신이 횡행했던 시대를 끝내는 것은 다른 사람이 해 주는 게 아니다. 통일과 화합과 안보와 경제 회복과 같은 큰 이야기도 중요하지만, 더 중요한 것은 그러한 것들이 실현될 수 있도록 열심히 노력하리라는 믿음을 주는 것이다. 그 믿음은 물론 하루아침에 생기지 않는다. 그들의 작은 행동, 말 한마디가 쌓이고 쌓여서 생긴다. 그렇게 생겨난 믿음이라야 이 땅의 가장 낮은 곳까지 감동시킬 수 있을 것이다.

14. 국민의 권력, 권력자의 국민

清貧自樂

청빈자락 : 청정한 가난을 즐기다는 뜻.
-「전등록(傳燈錄)」

새로운 권력의 탄생은 언제나 두 개의 얼굴을 동시에 드러낸다. 인간을 정치적 동물이라고 규정하는 한, 우리의 모든 행동과 생각은 권력을 욕망하는 다양한 표현으로 이해된다. 그 속에서 우리는 지배자이면서 동시에 피지배자가 된다. 우리의 삶을 그렇게 규정하면 어쩐지 비정한 느낌이 드는 것도 사실이지만 그런 점이 분명 사회의 곳곳에 스며 있다는 점 또한 충분히 공감한다. 그렇지만 대부분의 경우 우리는 권력자로서의 특권을 누리고 있다는 생각보다는 피지배자로서의 복종이나 억압 같은 것에 더욱 민감하게 반응한다. 그것은 아마도 내가 권력을 휘칠 수 있는 범위는 비교적 좁은데 비해 내게 영향을 미치는 권력은 거대하면서도 전방위적이라고 생각하기 때문일 것이다. 이름 없이 살아가는 장삼이사張三李四들에게 권력이란 먼 나라 남의 이야기로 느껴진다. 자신의 권력은 권력이 아니고 나를 압박하는 권력만을 권력이라고 생각하기 때문일까.

권력의 여러 성격에도 불구하고 우리는 '권력'이라는 말을 들으면 대체로 정치권력을 떠올린다. 이는 요즘의 우리가 가장 널리, 일반적으로 언론에서 접하는 용법에서 기인한다. 그 권력 중에서 대표적인 것은 아무래도 국가권력일 것이다. 물론 그것은 국민들로부터 나온다고 이야기하지만, 그것도 일반 국민들이 피부로 느끼기는 좀 어렵다. 정치권력은 국민들에게 무언가 시혜를 베푼다는 인식이 강하기 때문에 우리가 국가권력의 주체라는 점을 쉽게 느낄 수 있는 계기는 대단히 적다. 그러므로 국민들 입장에서는 권력의 공공성이랄까 공정한 집행, 혹은 권력으로부터 보장받는 개개인의 자유 등에 관심을 가진다.

국민투표를 통해서 새로운 권력이 들어서면 사람들의 기대감은 일시적으로 상승하다가 어느 순간 급전직하急轉直下 한다. 자신이 가지는 소망의 세부적인 사항에는 차이가 있겠지만, 커다란 시각에서 말하면 대부분 비슷한 주문을 새로운 정부나 권력에게 요구한다. 그것은 앞서 언급한 것처럼 개인의 자유를 어떻게 보장받을 것인가, 경제적인 면에서 공적이면서도 공정한 분배, 국민들과의 소통을 통한 인재의 고른 발탁, 마음에서 우러나오는 국민에의 존경 등일 것이다.

청빈자락할 줄 아는 사람, 청백리의 주요 조건
..

조선 후기 문인 이덕무의 「한죽당섭필^{寒竹堂涉筆}」(『청장관전서^{青莊館全書}』 제
68)을 보면 함양의 한 선비 이야기가 수록되어 있다.

함양 땅에 살던 어떤 선비는 평소에 몸가짐을 매우 조심스럽게
하면서 늘 자신을 단속했다. 특히 그는 날마다 양쪽 볼기를 깨끗이
씻었다. 매일 온몸을 씻는 것이 아니라 볼기만을 열심히 닦는 것이
이상해서 어떤 사람이 이유를 물었더니 이렇게 대답했다. "세상일
은 알 수 없는 것이지요. 내 비록 지금은 행동을 조심하고 늘 삼가
는 마음으로 살고 있지만, 내일이라도 당장 죄를 지어서 관가에 잡
혀 갈 수도 있는 일이 아니겠소? 그때 볼기를 맞는 태형^{笞刑}을 받기
라도 해 보시오. 곤장을 치려고 바지를 내렸는데 만약 볼기짝에 시
꺼멓게 때가 끼어 있다면 그렇게 부끄러울 데가 어디 있겠소?"

그런 말을 한 지 얼마 안 되어 그는 관가에 잡혀 갔다. 무고하게
체포되었으나 제대로 변론을 하지 못해 결국은 곤장을 맞게 되었
다. 부사가 입회한 자리에서 곤장을 치려고 바지를 내렸는데 유독
볼기 부분이 깨끗하였다. 신기한 마음이 든 부사는 잠시 형 집행을
중지시키고 사정을 알아보다가 그가 평소에 볼기를 깨끗하게 닦는
이유를 들었다. 그러고는 선비의 말을 전적으로 인정하고 그를 무
죄로 판결했다. 볼기가 저렇게 깨끗하니, 이 사람이야말로 '참선비'
라는 감탄을 했다고 한다.

평소에 자신의 행실을 조심하되 사소한 것까지 신경을 써서 볼기를 깨끗이 닦을 정도라면 그런 사람이 과연 죄를 저질렀겠는가. 아마 함양의 선비는 평소 자신의 삶을 돌아보며 조금이라도 문제가 있다면 즉시 고쳐서 다른 욕심을 가지지 않았을 것이다. 개인의 삶이 이렇게 깨끗하다면 그의 사회적 행위 역시 깨끗하리라고 생각된다. 이러한 태도는 개인이나 가정뿐만 아니라 사회가 전반적으로 깨끗해지는 첫걸음이다. 사리사욕을 채우는 것이 아니라 가장 상식적인 선에서 생각하고 행동하는 사람이라면 그가 어떤 직위에 있든 사람들의 신뢰를 한 몸에 받을 것이다.

부패는 언제나 사회의 공적 토대를 잠식해 들어가는 가장 강력한 죄악이다. 부패한 권력이 횡행하는 나라치고 망하지 않은 나라가 있었던가. 높은 관직에 올라서 한때 막강한 위세를 떨쳤지만, 정작 비가 오면 지붕이 새는 좁은 오막살이에서 살았던 옛 선현의 이야기를 떠올려 보라. 벼슬을 그만두고 물러난 정승에게 인사를 갔더니 좁고 누추한 방에 살더라는 이야기도 심심찮게 전한다. 권력을 통해서 경제적 부를 획득하지 않았다는 뜻이다. 그러한 가난을 '청빈淸貧'이라고 할 수 있다. 자신의 볼기조차 늘 점검해서 깨끗이 닦아 놓는 함양의 선비 집안이 부유한지 여부는 알 수 없지만, 적어도 그의 행위가 개인의 이익을 위해 발현되지는 않았다는 점을 우리는 충분히 유추할 수 있다.

고위 공직자를 임명하기 위한 청문회를 열 때마다 우리는 뜻밖의 후보자에게서 뜻밖의 모습을 보는 경우가 잦다. 특히 경제적인 문제에서 그렇다. 사실 모든 후보자가 가난하라는 것은 아니다. 또 가난한 사람만 고위 공직자에 임명되는 것도 아니다. 공자도 일찍이 법도가 지켜지지 않는 나라에서 부유한 것은 부끄러운 일이지만 법도가 지켜지는 정상적인 나라에서 가난하게 사는 것 역시 자랑할 만한 일은 아니라는 취지의 말을 한 적이 있다. 문제는 자신의 부유함이 어떤 경로를 거쳐서 형성되었는지 스스로 해명하지 못하는 경우다. 그러니 국민들이 그의 부유함에 대해 동의하지 못하고 불편한 마음을 드러내게 된다. 그런 일이 자주 일어나다 보니 마치 국민들이 가난한 고위 공직자를 좋아하는 것처럼 이해하게 되었다. 그런 게 아니라 사실은 부富의 형성 과정에 대한 정상적인 해명을 듣고 싶을 뿐이다.

'청빈자락淸貧自樂'이라는 말이 있다. 『전등록傳燈錄』에 나오는 말이다. 거기에서 도광道匡은 이렇게 말한다. "맑은 가난을 스스로 즐길지언정 혼탁한 부유함으로 많은 근심을 만들지 말라寧可淸貧自樂, 不作濁富多憂."

이렇게 살아가는 사람이라면 고위 관료가 되어 큰 권력을 쥐더라도 그의 통치 행위를 사적 욕망과 연결시켜서 삐딱하게 해석하지 않을 것이다. 자신의 잘못을 사죄하기는커녕 그게 관행이어서 자신도 그렇게 했노라며 뻔뻔하게 사기 합리화를 하는 사람을 우리가 어떻게 믿을 수 있겠는가.

15. 인재 등용의 원칙

庸庸祗祗

용용지지 : 쓸 만한 사람을 쓰고 공경할 만한 사람을 공경한다는 의미.
－「서경(書經)」「강고(康誥)」

권력자 주변으로는 언제나 그 권력에 기대려는 사람들이 모여든다. 권력자 역시 혼자 모든 일을 짊어질 수 없기 때문에 협력자를 구해야 한다. 세상에 혼자 할 수 있는 일이 어디 있으랴만, 권력자가 천하를 도모하는 것 역시 여러 사람들과 함께 해야 한다. 자신의 정치적 목적이나 이상을 이해하고 그 길을 함께 걸어갈 수 있는 사람이라면 당연히 발탁해야 할 것이다. 그러나 그것만으로는 부족하다. 목표에 도달하기 위해 충분한 능력을 갖추어야 한다. 충성심만 있고 능력이 없거나 능력만 있고 충성심이 없는 것은 모두 문제다. 두 가지를 겸비하면 최상이지만, 세상에 모든 것을 갖춘 길동무는 없으리라. 만약 그런 사람이 있다면 권력을 쥐려고 할 것이므로 치열한 정치 투쟁이 벌어지게 된다.

　정치권력을 행사하는 중요한 목적이 모든 사람들의 평화와 행복을 위한 것이라면, 수만 가지로 다른 생각을 가진 사람들을 설득해서 목표 지점으로 나아가도록 권력자와 함께 일을 할 사람을 잘 등용해야 한다. 역대 정권은 언제나 인사 문제로 골머리를 앓았고 그 때문에 비난을 받았으며 국민들의 신망을 잃었다. "인사가 만사"라는 경구처럼, 함께 일을 할 사람을 뽑는 일은 정말 신중해야 한다.

　근대 이전 사회 전반에서 태평성대를 이룩했던 시대를 보면 권력자의 뛰어난 능력도 작용했지만 그를 보좌해서 일을 했던 수많은 인재들이 넘쳐 났다. 말 그대로 '다사제제多士濟濟'였다. 어찌 보면 권력자에게 아주 중요한 능력 가운데 하나는 인재를 알아보는 눈이라고 해도 과언이 아니다. 세종이나 정조 시대의 조정을 보라. 우리 역사에 이름을 남긴 수많은 인재들이 포진하고 있었다. 그것도 각 분야의 전문가들이 자신의 능력을 가장 잘 발휘할 수 있는 곳에 배치되어 있었다.

　『서경書經』「강고康誥」편에 '용용지지庸庸祗祗'라는 말이 나온다. 쓸 만한 사람을 쓰고 공경할 만한 사람을 공경한다는 뜻이다. 정부를 비롯해서 어떤 단체든 인재를 적재적소에 배치하는 것이 성공의 지름길이다. 학연이나 지연, 개인적인 연고 때문에 인재의 등용이 바르게 되지 않는다면 조화로운 삶은 절대 보장되지 않는다. 정부 요직에 임명될 사람이 결정되면 정당, 언론 등을 비롯한 수많은 단체에서 그 시비를 가린다며 이런저런 평을 쏟아 내곤 한다. 그 이면에는 물론 해당 단체의 정치적 혹은 사회적, 경제적 이익이 개재해 있다. 당연한 말이다.

그러나 권력을 행사하는 주체는 자신의 이익을 먼저 생각하면 안 된다는 점을 명심해야 한다. 주변의 모든 사람들이나 단체들이 자신의 이익을 위해 목청을 높인다 해도 권력을 행사하는 사람은 결코 거기에 휩쓸리면 안 된다. 자신의 목표를 정확히 인지하고 주변의 다양한 정보를 객관적이면서도 냉철하게 판단한 다음 여러 경우를 충분히 검토하여 사람을 등용해야 한다. 또한 자신의 인재 등용이 어떤 의미를 가지는지, 어떤 맥락에서 이루어진 것인지를 국민들에게 충실히 설명해서 동의를 얻어야 한다. 자칫 인기에 영합하려 하거나 자신의 독선에 빠진 상태에서 인사가 이루어진다면 그것이야말로 최악의 상황을 만든다. 쓸 만한 사람이라 판단되면 자신과 부분적으로 의견이 다르거나 심지어 반대 정파의 인물이라 하더라도 과감하게 등용하는 면모를 보여야 하며, 자신을 위해 견마지로犬馬之勞를 다해 왔던 사람이라 해도 능력이 부족하거나 문제가 발견된다면 가차 없이 후보군에서 탈락시켜야 한다. 이것이야말로 새로운 정치권력이 자신의 정당성을 국민들로부터 얻어 내는 방법이다.

16. 은나라를 거울로 삼는 까닭

儀 鑑 于 殷

의감우은 : '은감불원(殷鑑不遠)', '은감(殷鑑)' 등으로도 씀. 은나라의 사례에서 본보기를 찾아야 한다는 뜻으로, 앞 시대의 정치적 상황을 거울삼아 자신의 정치를 돌아보면서 잘못된 전철을 밟지 말라는 의미.　　　　－「시경(詩經)」

주(紂) 임금은 중국 은나라 마지막 황제다. 달기(妲己)라는 미인에게 마음을 쏟아 주지육림(酒池肉林) 속에서 허우적거리다가 결국은 주(周)나라의 무왕(武王)에게 나라를 빼앗겼다. 이런 내용을 소재로 『시경(詩經)』「대아(大雅)」에 노래가 실려 있다. 그 내용은 조상들의 덕을 믿지 말고 스스로 자신의 덕을 닦아 나라를 보존하라는 것이다. '의감우은(儀鑑于殷)'은 흔히 '은감불원(殷鑑不遠)' 혹은 '은감(殷鑑)' 등으로도 널리 쓰이는 말로, 마땅히 은나라의 사례에서 본보기를 찾아야 한다는 뜻이다. 비슷한 뜻으로 쓰이는 '은감불원'은 은나라가 본보기로 삼아야 할 거울이 멀리 있는 게 아니라 바로 앞의 왕조인 하(夏)나라에서 찾아야 한다는 의미다. 어떻든 바로 앞의 정권 혹은 나라의 문제점을 잘 살펴서 그러한 전철을 밟지 말라는 뜻이 담겨 있다.

그렇다면 이들 나라가 망하게 된 것은 무엇 때문이었을까?『시경』에서는 이렇게 노래한다. "은나라가 민중들을 잃지 않았을 때에는, 하늘의 뜻에 잘 맞았었노라. 마땅히 은나라를 거울로 삼을지니, 하늘의 큰 명령은 보존하기 쉽지 않느니라殷之未喪師, 克配上帝. 儀監于殷, 峻命不易."

『대학大學』에서는 이 부분을 인용한 뒤 "민중을 얻으면 나라를 얻고 민중을 잃으면 나라를 잃는다"는 것을 말한다고 썼다. 덧붙일 것도 없고 뺄 것도 없다. 말 그대로 민중들의 뜻을 살펴야 나라를 잘 다스릴 수 있다는 것이다. 이 글의 앞부분에서『대학』을 기술한 사람은 백성들의 뜻을 잘 아는 정치가를 칭송한다. 백성들이 좋아하는 것을 함께 좋아하고 백성들이 싫어하는 것을 함께 싫어한다면 백성의 부모로 칭송받을 것이라고도 적고 있다. 백성들의 뜻이 곧 하늘의 뜻이라고 한다면, 그들의 뜻을 잘 살펴서 정치를 하는 것이 바로 하늘의 뜻에 합치되고 천명天命을 보존하여 나라를 잘 가꾸는 일이 될 것이다.

부패 없는 사회를 만들고 훌륭한 인재를 적재적소에 발탁하여 배치하는 일이 정치권력을 행사하는 사람으로서 지켜야 할 중요한 원칙이라면, 그보다 더 큰 차원에서 이들을 떠받치고 있어야 하는 것은 바로 국민들의 뜻을 정확히 읽어 내는 능력이다. 국민들과 함께 소통하고 건강하면서도 상식적인 사회를 만드는 일은 개인의 욕망을 넘어서서 공공의 복리를 위한 사람을 통해 우수한 인재를 적재적소에 배치하는 것에서 시작된다.